양심 고백

양심 고백

김동식 소설집 4

요다

차례

인간 평점의 세상

쓸데없는 랭킹을 매기던 한 예능 프로가 전 세계적으로 인기였다. 여름 특집으로 무서운 악마에 대한 랭킹을 매긴 어느 날, 단단히 화가 난 악마가 스튜디오에 나타났다.

[어이가 없군. 감히 어디서 평가질을 하는가?]

꼴등 악마로 뽑혔던 그 악마는 인간들에게 저주를 내리며 사라졌다.

[평가하기 좋아하는 너희 인간에게 똑같이 되돌려주마!]

방송을 지켜보던 사람들은 이것이 연출인 줄 알았지만, 아니었다. 전 세계에 사람이 죽는 현장마다 이상한 제보가 잇따르기 시작했다.

"뭐야, 이 숫자는?"
"그렇지? 너도 지금 저게 보이지?"

　사람이 죽을 때마다 그의 머리 위에 커다란 숫자 하나가 떠올랐다. 사람들은 그것이 인간 평점이란 걸 금방 깨달았다. 훌륭한 사람일수록 숫자가 10에 가까웠다. 전 세계적으로 존경받던 의인이 죽을 때 10점이 보였고, 극악무도한 범죄자가 사형당할 때 1점이 보였다.

　인간 평점의 반향은 컸다. 사람들은 이제 죽음 앞에서 슬픔 이외의 감정도 느끼게 되었다. 강간범의 평점이 3점이었단 사실이 알려진 후, 죽을 때 5점도 넘기지 못한 인간들은 처참한 평가를 받아야 했다. 죽으면서 욕을 먹는 상황이 심심찮게 벌어졌다.

　"김 부장 아버지 얘기 들었어? 4점이었대! 김 부장 성격이 누굴 닮았나 했더니…"

　"봄날 기업 두석규 회장이 사망한 가운데, 두 회장의 평점이 고작 2점이었단 사실이 밝혀지며 회사 경영의 투명성에 적신호가 켜졌습니다."

　"아니, 어떻게 아이를 가르치는 선생이란 사람이 고작 4점일 수가 있어? 애들이 무슨 영향을 받았을지… 쯧쯧."

　"이번에 보근 빌딩 추락 사고 말이야. 그 사망자가 1점짜리라

던데, 도대체 얼마나 쓰레기처럼 살았길래 1점이 나오냐? 솔직히 어떤 놈인지 몰라도 죽어도 싸지 않냐?"

평점을 숨기고 싶어도 숨길 수가 없었다. 거짓말을 하려 해도 어찌 된 일인지 입에서 나오질 않았고, 죽은 사람의 사진 위에도 평점이 보였기 때문이다.

당장 장례식장의 풍경이 바뀌었다. 높은 평점이 나온 집안에서는 자랑스럽게 고인의 사진을 공개했다. 9점만 되어도 극찬이 쏟아졌다. 반면 사진 없이 장례식을 치르거나, 아예 장례식을 치르지 않는 곳도 있었다. 그 모습을 본 집안의 어른들은 가문의 수치가 되지 않기 위해 스스로를 점검했다. 평소 행실을 신경 쓰고, 조금이라도 모범적으로 행동하려 했다.

그들뿐만이 아니었다. 사람들 모두 알게 모르게 행동을 달리했다. 사소하게는 무단 횡단이나 쓰레기 무단 투기 같은 것들이 줄어들었고, 인터넷 악플도 눈에 띄게 줄었다. 절대 들키지 않을 것을 자신하며 부당한 일을 저지르는 사람도 줄었다. 사람들은 보다 친절하고 멋있어졌다. 기부와 같은 선행을 하는 사람들도 많이 늘어났다.

이런 현상을 보고 누군가는 말했다. 어차피 내가 죽으면 끝인데 이런 게 다 무슨 상관이냐고. 하지만 대부분의 사람은 죽음 뒤의 평점을 두려워했다. 부정적으로 기억되기는 싫었다. 먼 훗날 누군가 자신을 떠올릴 때 "아, 그 친구 평점 8점이었어! 사진 볼래? 참 멋진 녀석이었지."라고 말해주길 바랐다. 최소한 자식들이 지갑에 사진을 넣고 다니며 당당하게 보여줄 수 있는 부모로 죽고 싶었다.

세상은 꼴등 악마의 저주 이후, 겉으로 보기에 확실히 더 좋아졌다. 그 꼴이 꼴등 악마에게는 정말 어이없었다.

[이게 도대체 어떻게 된 거지? 인간을 괴롭히려고 평가질을 했는데, 왜 세상이 더 좋아지는 거지?]

꼴등 악마는 짜증을 냈다. 그 모습을 지켜보던 1등 악마가 혀를 차며 말했다.

[방법이 잘못됐네. 평점을 매기려면 이렇게 했어야지.]

1등 악마는 꼴등 악마가 인류에게 걸었던 저주를 아주 간단하게 바꿔버렸다.

그 이후, 인간은 죽을 때 평가받지 않았다. 그 대신, 태어날 때 평점을 받고 태어났다. 10점짜리 아기, 5점짜리 아기, 1점짜리 아기…

이후로 펼쳐진 인류의 반응에 꼴등 악마는 감탄을 금치 못했다. 확실히 1등 악마가 다르긴 다르구나.

시험 성적을 한 번에 올리는 비법

고등학생 A군은 같은 반 B군이 의심스러웠다. 어떻게 갑자기 성적을 그렇게 올렸을까?

분명 자신처럼 평균 이하의 성적을 유지하던 녀석이, 어느 날 갑자기 전교권에서 놀다니?

그렇다고 공부를 열심히 하는 것 같지도 않았다. 방과 후에는 매일 온라인 게임에 접속해 있었고, 학교에서도 공부하는 모습을 보지 못했다. 쉬는 시간에도 맨날 땅콩이나 까먹고 있었다.

어떻게 그럴 수 있지? A군은 B군과 그렇게까지 친한 사이는 아니었지만, 물어보지 않고는 견딜 수 없었다. 혹시 커닝 같은 조심스러운 이야기가 나올까 봐 A군은 일부러 점심시간에 B군을 찾아갔다.

B군은 운동장 한쪽에서 무언가를 까먹고 있었다. 쭈뼛거리며

다가간 A군이 물었다.

"뭐 먹어?"
"응? 도토리."
"도토리?"

도토리를 그냥도 먹던가? A군은 고개를 갸웃했다. 혹시 생도
토리가 두뇌에 좋은가?

까득 까드득.

B군이 맛있게 도토리를 먹는 모습을 얼마간 지켜보던 A군은,
조심스럽게 본론에 들어갔다.

"있잖아. 너 성적 말이야. 되게 갑자기 올랐더라?"
"응."
"어떻게 그래? 뭐, 공부를 많이 하는 거야? 아니면 뭐…"

말끝을 흐리는 A군을 가만히 바라보는 B군. 갑자기 눈을 빛
내며 물었다.

"알려줘?"
"뭐?"

　시험 성적을 한 번에 올리는 비법

"비법을 알려줄까?"

"어? 어. 그럼 좋지, 난."

"알았어. 그럼 방과 후에 나 따라와."

B군은 더 자세한 이야기는 해주지 않았다. 그러나 A군은 성적을 올리는 비법이 존재할 뿐만 아니라, 곧 그 비법을 알게 된다는 것만으로도 기뻤다.

방과 후. B군은 A군을 학교 근처의 산으로 데려갔다. 가면서 B군은 선심을 쓰는 듯이 말했다.

"절대로 아무한테도 말하면 안 돼. 뭐, 원래 네가 좀 조용한 성격인 건 나도 아는데, 그래도 절대 떠들고 다니면 안 돼."

"알았어."

"그리고 내가 너 이거 알려주는 대신에, 너도 나 도와줘야 해. 알았지?"

"그래."

B군은 등산로를 벗어나 한참을 걷더니, 어느 작은 굴 앞에서 멈춰 섰다. 굴은 A군과 B군이 엎드려야 겨우 통과할 수 있는 크기로, 성인 남자는 들어가기 어려워 보였다.

"따라와."

A군은 교복에 흙이 묻는 게 신경 쓰였지만, 앞장서는 B군을 따라가지 않을 수 없었다.

생각만큼 길지 않은 굴을 통과하자, 넓은 공간이 나타났다. A군이 깜짝 놀라 물었다.

"헐… 뭐야?"

정면의 벽에 원숭이 얼굴이 커다랗게 새겨져 있었다. 눈을 감고 입을 크게 벌린 형상이었는데, 이마 위로 주름진 뇌가 드러나 있는 특이한 조각이었다.

B군이 놀란 A군을 툭 치며 말했다.

"야, 너 천 원짜리 지폐 있지?"

"어? 어."

"그럼 천 원이랑, 교과서 아무거나 꺼내봐."

A군은 순순히 시키는 대로 했다. B군은 조각으로 다가가 시범을 보이며 설명했다.

"자, 한 손으로 이렇게 원숭이의 뇌를 만지면서 다른 손으로 천 원을 입에 집어넣어봐. 절대 이 손을 떼면 안 돼!"

"어."

시험 성적을 한 번에 올리는 비법

A군은 B군이 비켜난 자리에 서서 한 손을 뇌에 올렸다. 가까이서 보니 원숭이의 커다란 입안은 끝이 보이지 않는 긴 통로였다. 그 안으로 천 원짜리를 떨구자,

그그궁.

원숭이의 감긴 눈이 떠지며 돌가루가 날렸다.

"어!"

깜짝 놀란 A군을 보며 빠르게 소리치는 B군.

"손 떼지 마! 손 떼지 말고, 이제 그 안에 교과서를 넣어!"

A군은 놀라면서도 시키는 대로 했다. 그 순간,

"아!"

A군의 눈이 감기며, 순식간에 몰입 상태가 되었다. 그러고서 약 10초 뒤, 원숭이의 눈이 다시 감겼다.

그그그궁.

"헉!"

눈을 번쩍 뜬 A군이 깜짝 놀라 B군을 돌아보았다.

"세상에! 교과서 내용이 완벽하게 기억나! 아니, 완벽하게 이해돼!"
"어때? 멋지지?"

B군은 씩 웃었고, A군은 감탄했다. 어쩐지, 이거라면 당연히 성적이 좋을 수밖에 없었다.
B군은 흥분한 A군을 진정시키며 설명을 시작했다.

"이 원숭이 조각은 지혜의 신이야. 입안에 뭔가를 넣으면 그 사물이 담고 있는 지식을 머릿속에 그대로 옮겨주지. 물론, 성금은 내야 해. 그리고 성금은 항상 배로 올라. 처음에 천 원을 냈으면 그다음에는 2천 원, 그다음에는 4천 원. 이런 식이지."
"아…"
"솔직히 말하면, 나는 금액이 100만 원도 넘어서 요즘엔 이 조각을 못 쓰고 있어."
"헐…"

A군은 놀라며, 머릿속으로 몇 회에 얼마인지를 계산했다.
과장되게 한숨을 내쉰 B군은, 주머니에서 도토리를 꺼내 먹으며 너스레를 떨었다.

"너는 운 좋은 줄 알아, 인마! 내가 먼저 다 해봤으니까 말이야. 나는 솔직히 기회를 다 낭비한 거야. 생각해봐, 지금 성적이 잘 나와봐야 뭐 하냐? 나중에 수능이 중요하지!"

"아…"

"그러니까 너는 지금 쓰지 말고, 나중에 수능을 위해 쓰란 말이야. 내 꼴 나지 말고!"

B군의 말은 구구절절 옳았다. A군은 이런 조언까지 해주는 B군이 너무 고마웠다.

"내가 아까 말했지? 비밀은 꼭 지켜야 한다고. 그리고 나 좀 도와달라고."

"어."

"그래서 말인데… 한 10만 원만 보태줄 수 있어?"

"10만 원?"

10만 원이 큰돈이긴 하지만, A군은 오래 망설이지 않았다. 이런 기연이 10만 원이라면 정말 너무 싸다.

"그래. 알았어."

"고마워! 자식, 나중에 여기 올 때 그때 줘."

둘은 웃으며 동굴을 나섰다. 앞으로 둘의 사이가 무척 좋아질 것 같은 기분을 느끼며.

그날 이후 A군은 시험 성적이 안 나와도 전혀 걱정하지 않았다. B군과 함께 수능 대비 참고서를 선정하고, 돈을 모으는 것에 집중했다.

시간이 흘러, 모든 것이 준비된 어느 날. 둘은 다시 원숭이 조각 앞에 모였다.

"자, 시작해."
"그래."

A군은 원숭이의 뇌에 손을 올리고, 2천 원을 넣었다.

그그그긍.

A군은 준비해 간 책들의 지식을 여러 차례에 걸쳐 모두 습득했다. 그러고는 머릿속에 가득 찬 지식을 느끼며 희열에 떨었다.

"완벽해!"
"자, 이젠 내 차례인가? 난 돈이 없어서 한 번밖에 못 하겠네."

시험 성적을 한 번에 올리는 비법

A군이 비켜나고, B군이 원숭이의 뇌에 손을 올렸다. 그러고는 돈을 털어 넣는데 순간,

"윽! 뭐야? 돈이 걸렸어! 망할! 너 남은 돈 없지?"

B군은 인상을 찌푸리며 구멍 쪽으로 고개를 기웃거렸다. 그러나 뇌에서 손을 못 떼니 자세히 숙여 보지 못하는 상황. 다급하게 A군을 불렀다.

"야, 도와줘! 플래시 좀 켜봐!"

A군이 얼른 핸드폰 플래시를 비추며 다가갔다. 그가 고개를 숙이고 원숭이의 입안을 적극적으로 살필 때, B군이 말했다.

"야, 근데… 내가 전에 한번 다람쥐를 넣어본 적이 있거든? 어떻게 됐는지 알아?"
"응?"
"글쎄, 다람쥐의 모든 지식이 나한테 전해지더라고. 먹이를 찾는 방법부터 그걸 저장하는 방법, 천적을 피하는 방법까지 모든 게 말이야. 정말 신기한 경험이었어."

그그그궁.

"어?"

A군은 갑자기 머리 위에서 들려오는 익숙한 소리에 고개를 들려고 했다. 이건 원숭이의 눈이 떠지는 소리가 아닌가?
한데,

"아!"

B군이 A군을 강하게 밀었다. 아차 하는 순간 원숭이의 입안으로 굴러떨어지는 A군.
곧바로 B군의 눈이 감기고, 10초간 새로운 지식이 전해져왔다. 완벽하게 수능 준비를 끝낸 A군의 지식이.

⋮

B군이 누군가에게 쫓기듯 허둥지둥 산에서 내려왔다. 그리고 그런 B군의 주위에서 큰 소리가 들려왔다.

"네가 어떻게 나한테 그럴 수 있어?"
"아, 아니, 아니!"
"처음부터 이럴 작정이었지?"
"미안해! 제발!"
"너는 인간쓰레기야!"

시험 성적을 한 번에 올리는 비법

"제발, 그만!"

"뭘 그만해? 네가 나한테서 평생 벗어날 수 있을 것 같아?"

B군의 입이 쉴 새 없이 움직이고 있었다. A군의 말투와 B군의 말투를 반복하며, 한순간도 쉴 틈 없이.

B군은 후회했다. 도토리가 맛있을 때 알아봤어야 하는 건데…

톡 쏘는 맛

[솔직히 말하겠습니다. 값싼 인력을 구하기 위해 지구까지 찾아왔습니다.]

지구 역사상 최초로 외계인 기업이 등장했다. 물론 인류에게는 갑작스러운 일이었다. 각국 정부는 상황 파악을 위해 즉시 외계인에게 접근하려 했지만, 그들은 단호하게 말했다.

[우리는 사업가입니다. 지구 발전에 도움을 줄 생각은 절대 없습니다. 하지만 지구의 값싼 노동력은 사용하고 싶습니다. 지구 노동자들의 임금을 지급하기 위해서라도 지구의 화폐는 필요하겠지요. 각국 정부에 몇 가지 팔 만한 것들을 가지고 왔습니다. 그리고 행여나 무력 충돌은 계획하지 않는 게 좋을 겁니다. 지구를 멸망시킬 명분을 주기 싫다면 말입니다.]

각 나라의 정부가 어떻게 접촉했는지는 몰라도, 외계 기업은 순식간에 어마어마한 부를 축적한 듯했다. 기업은 바로 몇몇 국가에 허가를 받아 회사 건물을 세우기 시작했다. 땅이 따로 필요하지도, 시간이 오래 걸리지도 않았다. 하루도 안 걸려서 도심 상공을 부유하는 거대한 건물을 지어냈으니까.

그리고 외계 기업은 본격적으로 구인 활동을 시작했는데, 내건 조건이 몹시 깐깐했다.

[우리 기업의 일은 아주 쉽습니다. 그러니까 무조건 최저임금만 지급할 겁니다. 보너스도 없고, 임금 인상도 영원히 없습니다. 지구에는 이 조건에도 일하고 싶어 하는 인간이 남아도는 걸로 알고 있습니다.]

눈살 찌푸려지는 이야기였지만, 딱히 부인할 순 없었다. 오히려 몇몇 국가는 취업난을 해결해준다는 이유로 대환영할 수도 있었다. 그들의 설명을 계속 들어보면 조건이 그리 나쁘지만은 않았기 때문이다.

[우리 회사는 어린아이든 노인이든 장애인이든, 버튼만 누를 수 있으면 누구나 입사할 수 있습니다. 일자리를 두고 경쟁할 필요도 없습니다. 지구 인류가 모두 입사해도 일손이 부족하니까요. 퇴직도 없습니다. 스스로 나가지 않는 한 영원히 일자리를 보장하겠습니다. 근무 시간은 아침 9시부터 오후 6시까지며, 점심시간은 12시부터 1시까지

입니다. 점심은 회사에서 제공합니다.]

　구체적인 사항이 알려지자 많은 사람이 관심을 가졌다. 게다가 외계인이 예시로 보여준 일도 아주 쉬워 보였다.

　[여러분이 할 일은 자리에 앉아 이 빨간 버튼을 누르는 것이 전부입니다.]

　의자에 앉은 외계인이 책상 위의 빨간 버튼을 한 번씩 눌렀다. 버튼을 누르는 타이밍은 불빛이나 소리, 진동 등으로 알 수 있었다. 대충 1분에 한 번 정도 누르면 되는 아주 간단하고 쉬운 일이었다.

　[우리가 왜 이런 일자리를 인류에 제안하는지 의문스러울 수도 있습니다. 미리 설명하자면, 이 일은 아주 복잡한 공정의 한 부분에 불과합니다. 지구에서는 모르겠지만, 과학기술이 몹시 발달한 우주에서는 모든 일을 기계가 다 처리할 수 있습니다. 하지만 모든 공정을 기계가 처리하는 건 불법입니다. 반드시 한 부분이라도 살아 있는 인류의 공정이 들어가야만 하죠. 그래서 이 지구의 값싼 노동력을 찾아온 겁니다. 절대 어떤 음모도 없으니, 안심하고 우리 회사에 취업해 주시기 바랍니다.]

　최저임금이라는 걸 제외하면 정말 좋은 일자리처럼 보였다.

각국 정부에서도 정식 기업으로 인정해주니, 곧바로 취업 희망
자들이 나타나기 시작했다.

"노는 것보다는 낫겠지."
"나라에서도 인정한다는데 설마 위험하겠어?"
"일은 편해 보이니까 뭐."

수많은 사람이 외계 기업에 취업했다. 이 회사의 출퇴근 과정
은 무척 신기했는데, 시내 곳곳에 지어진 워프 건물로 들어가면
곧바로 공중의 회사로 이동할 수 있었다. 사무실 안은 마치 대형
PC방을 연상케 했고, 정말로 버튼을 누르는 게 일의 전부였다.

"일이 이렇게 쉬워도 되나?"
"진짜 간단하네."

사람들의 경험담이 퍼질수록 취업자들이 늘어났다. 취업자들
은 적극적으로 회사를 홍보하기도 했다.

"진짜 편해요. 그냥 버튼 위에 한 손을 올려놓고 있다가 진동
이 왔을 때 누르기만 하면 돼요. 그동안은 딴짓을 해도 상관없고
요. 따로 지시하는 상사가 없어서 스트레스받을 일도 없고, 혹시
라도 다른 사람이랑 분쟁이 생길 것 같으면 로보캅 같은 경비가
알아서 중재해줘요. 그리고 식당이 잘되어 있어서 특히 점심이

진짜 맛있어요. 평생 잘릴 걱정도 없으니, 최저임금이란 것만 빼면 엄청 좋은 직장입니다."

국가적인 차원에서도 이 회사의 취업을 막을 이유가 없었다. 외계 기업이 직원들에게 월급을 줄 때, 각 국가와 비밀 거래를 하여 번 돈을 사용했기 때문이다. 자국민이 외계 기업에서 일을 많이 하면 할수록 나라에 이득이었다. 게다가 경제활동인구가 늘어날수록 경제가 살아나고, 복지 비용이 줄어들었다. 국가에서도 권장하고 나서자 외계 기업에 취업하는 인류가 폭발적으로 증가했다. 그러자 문제가 발생했다.

"망할! 저거 나온 뒤로 아르바이트생 구하기가 하늘의 별 따기야!"

외계 기업의 일이 너무 편하다 보니, 아무도 아르바이트를 하려 하지 않았다. 똑같은 최저임금을 받을 거라면 외계 기업에서 일하는 게 훨씬 편했기 때문이다. 국가의 의지와 상관없이 체감 시급이 급등했다. 이제 편의점에서 아르바이트생을 고용하려면 최소한 최저임금의 1.5배는 쳐줘야 했다.

정부에서 최저임금 인하를 거론했지만, 외계 기업에 취업한 사람들의 반대에 부딪혔다.

톡 쏘는 맛

"평생 최저임금밖에 못 받는데 그걸 인하하겠다고?"

"지금도 우리나라 최저임금이 다른 곳보다 낮아서 손해 보고 있는데, 여기서 더 깎으면 어쩌자는 거야?"

"외계인들 배만 불려주는 거지!"

결국 최저임금은 인하되지 않았고, 자영업자들은 줄줄이 가게를 접었다. 그들도 외계 기업에 취직하는 편이 더 나았다.

초반에 혼란이 있긴 했지만, 외계 기업은 자연스럽게 지구에 정착했다. 그러나 폭발적으로 늘어나던 직원 수가 어느 순간 정체 구간에 도달했다. 역시, 최저임금 때문이었다.

"아무리 그래도 임금이 너무 짜지."

"정 할 일이 없으면 몰라도, 평생 그 돈 받고 일하기는 좀 그렇지."

"최저임금으로 어떻게 가정을 꾸리겠어. 결혼하고 애 낳고 하려면, 쯧. 미래가 없지."

외계 기업을 하찮게 여기는 사회 분위기도 생겼다. 외계 기업보다 임금이 싼 일들은 모조리 사라졌고, 편의점 아르바이트만 해도 최소한 최저 시급의 1.5배 이상은 받는 세상이 됐으니까.

그럼에도 불구하고 외계 기업에서 일하는 사람들은 여전히 많았다. 일이 편했기 때문이다.

"그 스트레스를 받아가면서 돈 좀 더 버느니, 차라리 버튼이
나 누르는 게 낫지."

"6시면 무조건 칼퇴근이잖아. 저녁이 없던 생활보다 훨씬 만
족도가 높아."

"난 돈을 세 배 더 준다고 해도 전 직장으로 돌아갈 생각 없어!"

기업들은 극심한 구인난을 겪었다. 예전처럼 쓰다가 버리는
값싼 노동력이 모조리 사라졌기 때문이다. 외계 기업과 경쟁해
서 살아남으려면 엄청난 보수를 지급하든가, 사원 복지를 최고
수준으로 제공해야 했다. 단번에 그런 변화를 꾀하기가 쉽지
않았던 기업들은 차라리 외계 기업을 비판하는 데 앞장서기로
했다.

[최저임금도 모자라, 평생 임금을 올려주지 않는 그런 악덕 기업이
어디 있습니까?]

[버튼 누르는 일은 경력이 될 수 없습니다. 어느 날 갑자기 외계 기업
이 철수하면 여러분은 경력 없는 낙오자가 되는 겁니다!]

[온종일 버튼만 누르면 된다니, 너무 이상하지 않습니까? 분명 무슨
음모가 있을 겁니다! 인류는 적극적으로 외계인을 경계해야 합니다!]

그중에 특히, 외계인들에게 따로 음모가 있을 거라는 의견이
사람들의 호기심을 자극했다. 마침 한 가지 소문도 들려왔다.

톡 쏘는 맛

"여기 점심 말이야. 조금 톡 쏘는 맛이 있지 않아?"

"그렇지? 너도 느꼈지? 카레든, 비빔밥이든, 피자든 가끔 톡 쏘는 맛이 느껴진단 말이야?"

식당 밥에서 미세하게 톡 쏘는 맛이 느껴진다는 이야기였다. 외계 기업의 식당은 밥이 매우 잘 나오는 편이었기에 직원 대부분이 그곳에서 점심 식사를 했다. 음모론을 만들기에 너무나도 좋은 상황이었다.

"평생 최저임금만 줄 정도로 깐깐한 놈들이 이렇게 훌륭한 점심을 제공한다는 것 자체가 이상하지 않아?"

"약을 탄 것 아니야? 약에 중독시켜서 인류를 마음대로 지배하려는 거지!"

"어쩌면 이 회사 자체가 인육 가공 공장은 아닐까? 녹차 먹인 돼지처럼 뭔가를 먹여서 인간을 특수 상품으로 키우는 거지!"

수많은 음모론이 양산되었지만, 외계 기업은 일절 대응하지 않고 무시했다. 실제로 식당 밥을 먹고 생긴 문제도 없었고, 일을 관둔 뒤에 중독 증상을 호소하는 사람도 없었다. 정 불안한 사람들은 도시락을 싸서 다니면 됐다. 이런 음모론으로 외계 기업이 망하는 일은 없었다.

값싼 노동력을 얻을 수 없게 된 일부 기업들이 끊임없이 외계 기업을 공격했지만 죄다 실패했다. 결국, 그들이 사용할 수 있는 전략은 하나뿐이었다. 최저임금의 가치를 떨어뜨리는 전략이었다.

[사람이 최저임금만으로 어떻게 먹고삽니까? 외계 기업은 그저 정식으로 취업하기 전의 부업에 불과합니다! 진짜 일을 합시다!]

하지만 그 말이 옳다고 해도, 예전처럼 순순히 기업의 노예가 되어줄 사람은 없었다. 최저임금을 받긴 해도 외계 기업이라는 분명한 대안이 존재했으니까.

이제 기업들이 직원을 구하려면 제대로 된 대우를 해주는 방법밖에 없었다. 그럴 만한 여력도 충분히 있었다. 외계 기업이 만들어낸 어마어마한 소비 인구 덕분에 경제는 호황이었다. 결국, 살아남는 기업들은 살아남는 것이다.

외계 기업이 등장한 지 5년. 세상에 극빈곤층이 사라졌고, 노동의 가치가 제대로 인정받기 시작했다. 사람들은 외계 기업의 등장 이후 세상이 좋아졌다고 판단했다. 하지만 외계인을 끝까지 적대하는 사람들이 있었다.

[우리 연구소에서 드디어 톡 쏘는 맛의 성분을 증명해냈습니다! 지구에 존재하지 않는 물질이 음식에 포함되어 있었습니다! 이것이 어떤 효과를 불러일으킬지… 참으로 끔찍하지 않습니까?]

톡 쏘는 맛

어느 대기업의 발표에 사람들은 깜짝 놀랐다. 음모론일 뿐이라고 생각했는데, 정말로 톡 쏘는 맛에 무언가 있었단 말인가?

순식간에 외계 기업에 대한 부정적인 여론이 형성되었다. 대기업의 연구 자료를 넘겨받은 각종 언론이 무차별적으로 외계 기업을 때려댔다. 점심 거부 운동과 동시에 진실을 요구하는 목소리가 들끓었다. 어디선가 나타난 주동자들에 의해 대규모 시위도 일어났다.

"외계 기업은 진실을 밝혀라! 밝혀라!"
"악덕 기업은 지구상에서 물러가라! 물러가라!"
"평생 최저임금이 웬 말이냐! 웬 말이냐!"

흐름에 휩쓸려, 외계 기업을 그만두는 사람들이 생겨났다. 몇몇 기업들이 외계 기업을 성토하며 특채를 모집하는 등, 사회적 분위기에 힘을 실었다. 경제 인사들은 정부에 제재안을 촉구하기도 했다.

이렇게 되자 외계 기업은 침묵으로 일관할 수 없었다. 결국, 외계인들은 기자회견을 열고 사과했다.

[식사에 약을 탄 것을 인정합니다. 정말 죄송합니다.]

"세상에! 정말이잖아!"

사람들은 난리가 났다. 당장 폭동이라도 일으킬 것같이 분노했다.

한데, 외계인의 다음 말에 사람들은 당황했다.

[그동안 우리 회사의 직원 식사에 노화 방지제를 탔습니다. 직원들이 늙어서 은퇴하지 못하도록 몰래 그렇게 했습니다. 이런 큰 죄를 저질러서 정말 죄송합니다.]

"뭐라고?"

그러고 보니 확실히, 지난 5년간 외계 회사에 다녔던 이들은 유난히 늙지 않았다.

외계인들은 정말로 죄송한 듯 몇 번이나 사과했다. 사람들은 도대체 어떤 반응을 보여야 할지 알 수 없었다. 죽을죄를 지은 것처럼 사죄하는 외계인들의 모습에 당황스러웠다. 두려워하며 벌벌 떠는 그 모습이 도무지 이해가 안 갔다.

사람들이 알 수 있는 건, 이제 인류의 기업들은 큰일 났다는 것 정도였다.

톡 쏘는 맛

레버를 돌리는 인간들

외계인이 지구에 남기고 간 이 선물은 과연 좋은 것일까, 나쁜 것일까?

자고 일어났더니 전 인류의 손등에 빙글빙글 돌리는 레버가 생겨났다. 그 레버를 시계 방향으로 돌릴 땐 '드드드드드드드' 소리가 났고, 반대 방향으로 돌릴 땐 '틱 틱 틱 틱 틱 틱 틱' 소리가 났다.

한 손으로 레버를 잡고 돌리는 행위 자체는 단순했지만, 그 일이 불러온 결과는 단순하지 않았다. 호기심에 레버를 돌려보던 사람들은 깜짝 놀랐다.

시계 방향으로 레버를 돌리면 나이를 먹고, 반대로 돌리면 어려졌던 것이다.

레버 때문에 갑자기 몇 년이나 늙어버린 사람도 있었지만, 빠르게 상황을 파악해 몇 년의 젊음을 얻어낸 사람도 있었다. 시간이 흘러 모두가 레버의 기능을 파악했을 때에도 누군가는 이익을 보고 또 누군가는 손해를 보는 상황은 여전했다. 레버를 돌릴 때 등가교환의 규칙이 정확히 적용되기 때문이었다. 가령, 전 세계에서 레버 때문에 늙어버린 사람들의 나이를 합친 게 천 년이라면, 다른 사람들은 딱 그 천 년만큼만 젊어질 수 있었다.

"외계인의 의도는 모르겠지만, 인류의 입장에서는 손해 볼 게 없습니다. 결국, 전체 인류의 나이 합계는 똑같지 않습니까?"

사람들은 외계인을 찾아서 이 사태를 원래대로 되돌리는 것보다는 신기한 레버를 이용하는 것에 집중했다. 모두 젊어지기 위해서 레버를 뒤로 돌리기 시작했다. 처음에 멋모르고 앞으로 돌렸다가 나이를 먹은 사람들은 더욱 열심히 했다. 하지만 레버를 앞으로 돌리는 사람이 거의 없었으니, 뒤로 돌려봤자 아무런 일도 벌어지지 않았다. 물론, 꾸준하게 레버를 돌리다 보면 가끔 한 번씩 젊어지는 일이 벌어지기도 했다. 어떤 이유로든 레버를 앞으로 돌리는 사람이 있었기 때문이다.

문제는, 레버를 돌리는 작업이 엄청난 집중력을 요구한다는 거였다. 단순히 손등의 레버를 돌리는 행위에 불과했지만, 일단 레버를 돌리기 시작하면 주변의 모든 것이 눈에 들어오지 않았

레버를 돌리는 인간들

다. 소리도 들리지 않고, 냄새도 맡아지지 않았다. 심지어는 입에 있던 음식물도 씹을 수 없었다. 그러니 일상생활 속에서 레버를 돌리는 건 무척 어려운 일이었다. 그럼에도 불구하고 온종일 레버만 돌리는 사람들이 있었다. 언젠가 '터진다'는 기대로, 죽어라 레버만 돌리는 사람들.

틱 틱 틱 틱 틱 틱 틱 틱…

그런 사람을 보고 있으면 마치 태엽을 돌리는 기계처럼 느껴졌다. 좋게 보이지는 않았지만, 젊어질 확률이 가장 높은 방법이긴 했다.

시간이 지날수록 사람들 모두 레버 돌리기가 습관이 되었다. 아침 출근길의 지하철이나 버스 안은 온통 레버를 돌리는 사람들로 가득했다. 근무 중에도 틈틈이 레버를 돌렸고, 하물며 퇴근 후 잠들기 직전까지 레버만 돌리는 사람들도 있었다. 주문한 음식이 나오길 기다리는 동안, 친구와의 약속 시각을 기다리는 동안, 영화관에서 광고가 나오는 동안… 사람들은 시간만 남으면 무조건 레버를 뒤로 돌렸다.

그런 모습이 조금 과해 보이기도 했지만, 권력자들에 비하면 아무것도 아니었다. 어느 기업의 회장은 영양제까지 맞아가면서 24시간 레버만 돌리고 있다고 전해졌다.

게다가 나이가 많은 사람일수록 레버를 돌리는 데 온 힘을 다했다. 누군가는 이런 헛소리까지 할 정도였다.

"거… 젊은 친구들은 몇 년씩 나이 좀 먹어보는 것도 좋은 경험인데 말이야."

자기 레버를 자기만 돌릴 수 있어서 다행이었지, 남이 돌릴 수 있었다면 아주 끔찍한 소문도 들려올 뻔했다. 가령, 어느 나라의 독재자가 수백 명을 모아놓고 자신이 젊어질 때까지 그들의 레버를 앞으로 돌려버렸다…

사실, 그런 상상을 하는 사람들도 많았다. 어쨌든 레버를 앞으로 돌리는 사람들이 있어야 젊어질 기회가 생기는 거니까. 그래서인지, 갑자기 등장한 이런 의견이 굉장한 힘을 얻게 되었다.

"범죄 형량을 레버로 대체하는 게 어떻겠습니까? 2년 형이면, 2년 늙을 때까지 레버를 앞으로 돌리는 거죠!"

얼핏 비인도적인 얘기처럼 들리지만, 나름의 설득력이 있었다.

"징역이라는 건 사회적으로 무척 비효율적인 형벌입니다. 감옥 운영비는 물론, 수감으로 낭비되는 경제 인력만 봐도 그렇습니다. 사회 전체를 위해서라면 차라리 바로 죗값을 치르고, 빠르게 경제활동에 복귀하도록 하는 게 합리적이지 않습니까?"

이 의견은 많은 사람의 지지를 받았다. 무엇보다 젊어질 가능

레버를 돌리는 인간들

성이 조금이라도 커진다는 데 사람들의 마음이 흔들렸다. 그것도 합법적으로!

결국 이 법안은 통과되었고, 전 세계의 범죄자들은 징역 대신 즉각 처벌을 받게 되었다. 측정 결과 레버 한 바퀴당 3개월로, 징역 3년을 받은 범죄자는 레버를 시계 방향으로 열두 바퀴 돌려야 풀려날 수 있었다.

많은 범죄자가 이 법안을 대환영했다. 일단 감옥에 가지 않아도 되고, 버린 시간이야 나중에 열심히 레버를 뒤로 돌려 벌충하면 되니까. 물론, 레버를 돌리지 않고 저항하는 범죄자들도 있었는데, 그 경우에는 어쩔 수 없이 감금했다. 레버를 돌릴 때까지 물 한 모금 주지 않아 결국 레버를 돌릴 수밖에 없게 만들었지만.

징역형을 레버 돌리기로 대체한 후, 확실히 젊어지는 사람들이 늘어났다. 한데, 보통 사람들이 체감하기엔 별반 달라진 게 없었다. 그 이유는 뻔했다.

"일하면서 어떻게 레버를 돌려? 바로 잘리지! 온종일 레버를 돌릴 수 있는 사람들이나 젊어지겠지!"

"일 안 해도 먹고살 수 있는 기득권들에게나 유리한 게임이구먼!"

그로 인해 우스운 사회현상들이 생기기도 했다. 휴가를 내고 온종일 레버만 돌리는 레버 휴가라든가, 레버를 돌리기 위해 일을 관두는 레버 퇴직이라든가.

젊음에 대한 열망은 누구나 강했다. 아무리 경쟁이 심해도, 레버를 안 돌릴 수는 없었다. 당연하지 않은가?

"남들 다 돌리는데 나만 안 돌리면 손해지."

"잘만 하면 평균수명보다 더 오래 살 수도 있는데, 왜 안 돌리겠어? 남들도 다 돌리는데."

"어차피 남는 시간 투자하는 건데 뭘. 다들 그렇게 한다고!"

사람들은 시간이 남을 때마다 열심히 레버를 뒤로 돌렸다. 레버를 돌릴 때는 주변이 보이질 않았고, 아무것도 들리지 않았고, 향기를 맡을 수도, 움직일 수도 없었다. 마치 기계처럼 레버만 돌려야 했다.

틱 틱 틱 틱 틱 틱…

틱 틱 틱 틱 틱 틱…

틱 틱 틱 틱 틱 틱…

틱 틱 틱 틱 틱 틱…

사람들은 그렇게, 시간을 얻기 위해 시간을 버렸다.

　　　　　　　　　　　　　　　레버를 돌리는 인간들

재능을 교환해주는 가게

김남우는 친구 정재준이 유명 호텔의 바텐더가 되었단 소식을 듣고 깜짝 놀랐다. 평생 글만 쓰던 녀석이 왜 갑자기 전혀 다른 일을 할까?

찾아가 보니, 정재준은 마치 평생 바텐더 일만 해온 것처럼 능숙하게 일하고 있었다.

"와, 넌 천재냐? 무슨 일을 하든 재능을 타고난 거냐? 너랑 나랑은 종이 다르냐? 어휴."

김남우는 동갑내기 친구를 보며 자괴감을 느꼈다. 그에 비하면 자기는 쓰레기 인생이었다. 웹툰 작가가 되기 위해 목매달았지만, 재능이 없었던 것인지 허송세월만 보냈다. 지금도 변변찮은 직업 하나 못 구해서 빌빌대고 있지 않은가?

쓸쓸한 표정을 짓는 김남우를 보고서, 정재준이 조심스럽게
비밀을 털어놓았다.

"실은, 재능을 거래했어."

"뭐?"

"소설가로서의 내 재능을 팔고, 바텐더의 재능을 산 거야. 이
제 나 글은 전혀 못 써."

"뭐야? 그게 무슨 소리야?"

쉽게 믿을 수 없는 이야기였지만, 정재준은 주소 하나를 적어
주며 그곳에 가보라고만 했다.

다음 날 김남우는 낡은 빌딩에 자리한 작은 사무실을 찾아갔
다. 한창 일할 시간인데도 인기척이 느껴지지 않는 걸 보면 창고
라고 봐도 무방할 것 같았다. 하지만 사람은 있었다.

김남우가 문을 열고 들어서자, 책상 근처에 있던 한 사내가
반겨주었다.

"어라? 어서 오십시오! 그렇지 않아도 외로웠던 참인데 잘 찾
아오셨네요!"

"아, 예. 안녕하세요."

사내는 김남우에게 책상 앞 의자를 권했다.

재능을 교환해주는 가게

"오랜만에 예약 손님이 아닌 분이시네. 처음이시죠?"

"예? 아, 예."

"그럼 자세히 설명해드려야겠네요. 이곳은 재능을 교환하는 곳입니다."

"아, 예."

"세상을 살아가는 어른들은 모두 숙련된 재능 하나쯤은 가지고 있지 않습니까? 그것을 서로 교환하는 겁니다. 요리사였던 사람이 하루아침에 미용사가 되기도 하고, 소설가가 바텐더가 되기도 하죠."

김남우는 정재준을 떠올리며 움찔했다. 사내는 빙긋 웃으며 설명을 이어갔다.

"사실, 우리네 인생은 너무나 불합리합니다. 하고 싶은 건 많은데 시간은 한정되어 있습니다. 몇 년간 한 우물만 파다가 이 길이 아닌 것 같단 생각이 들어도 이미 지나간 시간은 되돌릴 수 없습니다. 새로운 것을 배우고 싶어도 처음부터 다시 시작할 엄두가 안 납니다."

김남우는 몹시 공감했다. 웹툰 작가가 되겠다며 어정쩡하게 시간을 보낸 이후, 새로운 것을 시작할 기력이 없었다.

"하지만 재능을 거래할 수 있다면 얘기가 달라집니다. 더는 초보자부터 시작할 필요가 없습니다. 얼마나 합리적입니까?"

"아…"

"다만! 아무 재능이나 가능한 건 아닙니다. '10년의 법칙'이란 말 아십니까? 무엇이든 10년간 연마하면 그 분야의 전문가가 될 수 있다는 법칙입니다. 여기서는 그렇게 10년 동안 연마한 전문가의 재능만 거래할 수 있습니다. 고객님은 그런 재능을 가지고 계십니까?"

사내의 질문에 김남우의 얼굴이 굳었다. 자신에게 그런 재능이 있을까? 학창 시절부터 만화 그리기를 좋아하긴 했지만, 그것이 전문가급의 재능으로 평가받을 수 있을까? 그 정도로 연마했던가?

사내는 서랍에서 유리구슬 같은 것을 꺼냈다.

"이 구슬이 알려줄 겁니다. 고객님이 전문가급의 재능을 가지고 계신지."

김남우는 괜히 긴장되었다. 이 모든 상황이 말도 안 되게 느껴졌지만, 어쩔 수 없이 그랬다. 일단은 사내가 권하는 대로 구슬을 만져나 보잔 생각으로 손을 뻗었는데,

"아!"

재능을 교환해주는 가게

김남우의 손이 닿자마자 유리구슬이 신비한 빛을 쏟아냈다. 곧바로 사내가 흥분해서 말했다.

"오! 있습니다! 10년 이상 연마한 재능이 있습니다!"
"아! 정말입니까?"

김남우는 가슴이 두근거렸다. 그동안 웹툰에 매달린 시간이 헛된 것은 아니었구나!
한데, 사내의 말은 김남우를 당황하게 했다.

"예! 고객님은 잠자는 재능을 가지고 계시네요!"
"네?"
"평소에 침대를 안 쓰시는구나. 어떤 바닥에서도 배기지 않는 자세를 찾으시고, 시끄러운 곳에서도 잠에 집중할 수 있으시고. 여러모로 잠의 전문가시군요."
"…"

김남우의 표정이 황당하다는 듯 일그러지자, 사내가 정색하며 말했다.

"재능이 있다는 것만으로도 축복받은 겁니다. 그런 재능조차 없는 사람이 얼마나 많은지 아십니까? 저는 재능이 하나도 없습니다."

"아."

"제가 재능 있는 분들을 얼마나 부러워하는지 아십니까? 혹시 그 재능이 마음에 들지 않으면 교환을 하시면 됩니다. 평생 딱 한 번뿐이긴 하지만, 교환을 할 수 있다는 것만으로도 얼마나 대단한 축복입니까?"

"아…"

김남우는 사내의 말이 옳다고 생각했다. 만화가로서의 재능이 아니면 어떠랴? 바꿔먹을 수만 있으면 되지!

사내는 곧 장부를 꺼내서 펼쳤다.

"딱 한 번입니다. 고객님이 바꿀 수 있는 능력으로는 이런 것들이 있습니다."

사내의 손끝을 따라 장부를 보던 김남우는 순간적으로 멍해졌다.

"으잉?"

장부에 적힌 재능이란 게 하나같이 이상한 재능들이었던 것이다.

라면 물 맞추는 재능.

신발 끈 매듭을 예쁘게 묶는 재능.

사과 껍질을 잘 깎는 재능.

인스턴트커피의 황금 비율을 맞추는 재능.

금을 밟지 않는 재능.

"모두 10년 이상 연마한 전문가들의 재능이지요."

"…"

김남우가 대놓고 표정을 일그러뜨리자, 사내가 말했다.

"당연히 재능에도 등급이 있습니다. 등급은 이 가게의 기준으로 측정되는데, 주로 돈 벌기 쉬운 재능일수록 등급이 높습니다. 고객님 같은 경우에는 가장 낮은 5등급이라, 같은 5등급끼리만 교환할 수 있는 겁니다."

"아."

김남우는 허탈했다. 역시 자신은 아무짝에도 쓸모없었다. 하지만 아직 실망하기에는 일렀다.

"만약 한 단계 높은 등급과 교환을 바라신다면, 그것도 방법이 있습니다."

"아! 그건 어떻게?"

"재능을 맡겨놓고 가시는 거죠. 그러면 혹 한 단계 높은 재능을 가진 분이 바꿔가실 수도 있습니다. 고를 순 없지만, 적어도 높은 등급이죠."

김남우는 바로 재능을 맡기기로 하고 가게를 나섰다. 어차피 쓸데없는 재능이라 전혀 아쉬울 게 없었다.

그러나 그날 이후로 김남우는 잠을 자는 게 조금 힘들어졌다. 등이 배겨 자꾸만 몸을 뒤척거렸다.

"그게 재능은 재능이었네…"

며칠 뒤, 김남우는 연락을 받고 다시 가게를 찾아갔다.

"축하드립니다! 4등급과 교환되셨습니다!"
"감사합니다! 어떤 재능인가요?"

잔뜩 기대했던 김남우는 곧 얼굴에 실망감을 드러냈다.

"다트를 잘 하는 재능입니다. 어딜 가든 다트 전문가라는 소리를 들을 수 있으실 겁니다."
"…그게 혹시 세계 대회에서 우승할 수 있을 정도입니까?"
"아뇨. 아무리 재능이라고 해도 한 분야의 정점은 좀…"
"하…"

재능을 교환해주는 가게

사내는 김남우의 표정을 읽은 것인지, 제안을 하나 했다.

"지금 이 재능을 한 번도 쓰지 않고 그대로 둔다면 다시 3등급으로 교환할 수 있으십니다. 저번처럼 이곳에 맡겨두시는 거지요. 운이 좋다면 누군가 바꿔 가실 겁니다."

"아! 알겠습니다. 그렇게 해주세요."

"네. 혹시 마음이 바뀌어 다트의 재능을 쓰고 싶으면 언제든 들러주세요. 저는 24시간 여기에 있으니까요."

"아, 네."

아무리 생각해도 다트는 영 아니었다. 김남우는 그 재능을 맡겨놓고 가게를 나섰다. 그리고 한 달 뒤, 가게에서 연락이 왔다.

김남우가 당장 달려갔더니, 사내가 더 흥분해서 말했다.

"축하드립니다! 3등급으로 교환되셨네요! 4등급이 3등급으로 교환되는 건 정말 드문 일입니다!"

"정말입니까? 감사합니다!"

김남우는 두근거리는 마음으로 무슨 재능인지 물었다.

"정원수 손질 재능입니다."

"정원수 손질?"

김남우는 당연히 정원이 없었다. 하지만 정원을 관리하는 직업이 있다는 이야기를 들은 적은 있었다. 이 재능이 먹고살기에 쓸 만할 것일까? 땡볕에서 일하는 힘든 직업은 아닐까?

"음…"

"고민되시나요? 이 재능도 훌륭한 재능입니다. 3등급이라는 것 자체가 그만큼 좋다는 뜻이지요. 그런데 설마, 이번에도 2등급을 노리고 맡기실 겁니까?"

"2등급… 2등급…"

김남우는 문득, 정재준의 소설가 재능이 2등급이라던 것이 떠올랐다. 소설가나 바텐더 같은 직업이라면 자신도 하고 싶었다. 땡볕에서 힘들게 일해야 하는 데다 별로 태도 안 나는 정원사는 좀 그랬다. 결국, 김남우는 선택했다.

"맡기겠습니다."

"그렇게 결정하셨다면."

김남우는 가게를 나서면서 휴대폰으로 정원사를 검색했다. 그러나 곧, 머리를 흔들며 화면을 꺼버렸다.

이후, 김남우는 이제나저제나 가게에서 연락이 오기만을 기다렸다. 그는 하루하루 아르바이트로 근근이 살아가면서도 언젠가 자신이 전문가급의 재능으로 직업을 가질 날을 꿈꿨다. 그

재능을 교환해주는 가게

것이 어떤 직업일지는 알 수 없었지만.

"혹시, 웹툰을 잘 그리는 재능은 아닐까?"

그런 기적이 있다면 얼마나 좋을까?

기다리고 기다리던 연락은 무려 세 달 만에 왔다. 김남우는 연락이 너무 늦은 게 아닌가 생각하며 달려갔지만, 맞이하는 사내는 그저 감탄할 뿐이었다.

"요즘 같은 불경기에 정원수 손질 재능을 원하는 2등급 분이 계실 줄은 솔직히 몰랐습니다. 놀랍네요."

"그런…"

김남우는 '그런 건 진작 말해줬어야지!'란 말이 목구멍까지 올라왔지만, 일이 좋게 풀렸으니 참았다.

감탄하던 사내는 웃으며 말했다.

"이번 재능은 저도 탐이 나는군요. 축하드립니다, 시계 수선 재능입니다."

"시계 수선 재능이요?"

"네. 이 재능을 넘긴 분은 거의 20년에 달하는 장인급이셨습니다. 일반 브랜드는 물론이고, 유명한 명품 브랜드 시계까지도 웬만하면 수선할 수 있으실 겁니다."

"아."

곧 김남우의 머릿속에 어떤 모습이 떠올랐다. 골방에 틀어박혀서 돋보기를 들여다보며 작은 시계를 수선하는 자신의 모습이.
생각해보지 않은 그림이었다. 김남우의 표정이 애매한 걸 읽었는지, 사내가 물었다.

"왜 그러십니까? 마음에 안 드십니까?"
"아니요. 뭐 꼭…"
"이런 재능이 있다면 최소한 굶어 죽지는 않을 겁니다."
"글쎄요. 요즘 누가 시계를 굳이 수리까지 해가며 차고 다닙니까? 핸드폰만 봐도 시간을 알 수 있는데."
"그래서 2등급에 머무르게 됐을지도 모르죠. 하지만 분명 훌륭한 재능입니다. 돈도 많이 벌 겁니다. 평생 잘 먹고 잘살 수 있습니다."
"음…"

김남우는 심각하게 고민했다. 아무리 생각해도 시계 수리는 너무 고루하고 갑갑해 보였다. 방에 틀어박혀 시계에만 집중하는 일을 계속 할 수 있을까? 좀 더 멋있는 직업이었다면 좋았을 텐데.

"혹시, 1등급에는 어떤 직업들이 있습니까? 좀 더 나은 직업

재능을 교환해주는 가게

이 많나요?"

"좀 더 나은 직업이요? 글쎄요. 고객님이 원하시는 직업이 뭔지는 모르겠지만, 등급은 가게의 기준에 따라 정해지는 거라서 말입니다."

"그러면?"

"대충 말씀드리자면, 의사나 변호사, 비행기 파일럿, 행사 MC 같은 고수익 직종이 많을 겁니다."

김남우는 욕심이 생겼다. 골방에 틀어박혀서 일하는 시계 수선공보다 더 멋있는 직업을 갖고 싶었다.

"이 직업을 맡긴다면 1등급으로 교환할 수 있을까요?"

"흠."

사내는 김남우를 가만히 바라보다가 고개를 끄덕였다.

"가능할 겁니다."

"으음."

계속 고민하던 김남우는 결국 도박을 하기로 결심했다. 시계 수선도 좋지만, 그에게는 그 직업이 남들에게 어떻게 보이는가가 더 중요했기 때문이다.

"이 재능을 맡기겠습니다."

"뜻대로 하시길."

김남우는 이 결정이 잘한 것이길 바라며 가게를 나섰다. 그러나 마음은 불안했다. 3등급에서 2등급으로 올라가는 데 석 달이 걸렸다. 그것도 가게 주인은 기적이라고 했다. 그럼 2등급에서 1등급은? 반년 안에는 연락이 올까? 1년? 설마 평생 연락이 안 오는 건 아니겠지?

불안했다. 하지만 그 불안은 기우였다. 고작 보름 만에 연락이 온 것이다.

"저, 정말입니까? 정말로 1등급에서 교환을 해갔습니까?"

바람처럼 달려갔을 때, 사내는 웃으며 말했다.

"예, 물론입니다. 1등급의 재능으로 교환되셨습니다."

"아, 감사합니다! 정말 감사합니다! 그래서, 무슨 재능입니까?"

김남우는 기대했다. 무슨 재능일까? 의사? 변호사? 파일럿?

한데, 사내의 대답은 조금 뜬금없었다.

"실은 바로 어제가 말입니다. 제가 이 가게를 지킨 지 딱 10년

재능을 교환해주는 가게

째 되는 날이었습니다. 저도 고객님처럼 드디어 전문가급 재능이 하나 생긴 것이지요."

"…"

"그리고 아시다시피, 등급의 기준은 가게가 정합니다. 이 신비로운 가게는 몹시 당연하게도, 가게의 관리직을 아주 높게 평가했습니다. 1등급으로요."

김남우의 눈빛이 사정없이 흔들렸다. 무슨 말이지? 설마? 설마?

"이제 저는 은퇴합니다. 축하드립니다. 이 가게를 잘 부탁드립니다."
"네? 무, 무슨!"

무언가 소리치려던 김남우는 순간, 머릿속으로 들어오는 온갖 정보에 움찔 멈춰 섰다. 이 가게를 관리하는 매뉴얼이었다.
그리고 그가 다시 정신을 차렸을 때는, 사내는 이미 떠난 뒤였다.

"…"

홀로 남겨진 김남우는 허탈하게 가게 문을 바라보았다. 그는 알았다. 자신은 영원히 이 가게 밖으로 나설 수 없다는 것을, 이

가게의 관리직은 누구에게도 말하거나 자랑할 수 없는 직업이
라는 것을.

그는 오늘 밤, 등이 배겨서 쉽게 잠들 수 없을 것 같았다.

재능을 교환해주는 가게

서울숲 게임

김남우는 카리스마 있는 교수였다.

"안 돼. 안 바꿔줘. 바꿀 생각 없어. 빨리 돌아가."

그는 어떤 상황에서든 원칙에 따랐으며, 불의와 타협하지 않는 것은 물론, 핑계나 게으름을 용납하지도 않았다. 이렇듯 항상 한결같은 그의 태도는 많은 사람의 존경을 받았다.

물론, 모두가 그를 좋아하지는 않았다.

"교수님! 제발, 교수님! 제발! 제발!"

．
．
．

쏴아.

　바닥분수가 시원하게 올라오는 서울숲의 한가로운 오후. 중
년의 교수 김남우가 양복 차림이 흐트러질 정도로 무섭게 달려
왔다. 귀에 핸드폰을 바짝 붙인 채로 분수 앞까지 달려온 그는,
숨을 몰아쉬며 다급하게 말했다.

　"도착했다! 서울숲 바닥분수다!"

　핸드폰 너머에서 변조된 목소리가 흘러나왔다.

　[빨리도 도착하셨네. 우리 김 교수님, 간절하신가 봐?]

　교수는 흥분해서 크게 소리쳤다.

　"시키는 대로 다 했으니까, 어서 우리 딸을!"

　[목소리가 왜 이렇게 크신가? 주변에 딸이 납치당했다고 광고라도
할 생각이신가?]

　"…"

　교수는 상대의 지적에 급히 입을 다물더니, 낮은 목소리로 조

심스럽게 말했다.

"네가 시키는 대로 했잖아! 어서 우리 딸을 풀어줘!"

[무슨 소리? 게임은 이제부터 시작이야! 주변을 둘러봐.]

교수는 인상을 찌푸리며 주변을 둘러보았다. 나들이를 온 가족들. 바닥분수 주변을 뛰어다니는 아이들. 한가로이 자전거를 타고 있는 사람들.

도대체 무엇을 보라는 거냐고 말하려던 순간, 그는 눈을 크게 떴다. 자신처럼 핸드폰을 들고 주변을 두리번거리는 남자가 두 명 더 있었던 것이다. 눈을 마주친 셋은 서로가 같은 상황에 처해 있음을 직감했다.

[이제 알아보셨나? 오늘의 게임 참가자는 당신들 셋이야. 안타깝게도 이 게임의 승자는 단 한 명뿐이고 말이야.]

"뭐라고?"

[그러니까 경쟁자에게 뒤처지는 일은 없어야겠지? 간절하다면 말이야.]

서로를 돌아보는 셋의 눈동자가 불안하게 흔들렸다. 전화기

속 음성은 곧바로 룰을 설명했다.

[이제부터는 셋 모두 말을 많이 하지 않았으면 좋겠어. 말이 많으면 내가 무슨 짓을 저지를지 몰라. 지금부터 내가 당신들에게 미션을 줄 텐데 가장 먼저 해내는 사람에게 1점을 줄 거야. 오늘 하루, 가장 높은 점수를 획득한 사람이 최후의 승자야!]

"그게 도대체 무슨 개 같은!"

교수가 욕을 하거나 말거나 음성은 경쾌하게 말을 이었다.

[첫 번째 미션! 지금 서울숲 야외무대에서 공연이 펼쳐지고 있을 거 야. 무슨 수를 써서라도 무대로 난입해서 마이크를 잡고 트로트를 한 곡 뽑아! 먼저 1절까지 부르는 사람이 첫 번째 미션의 승자야!]

교수의 얼굴이 일그러졌다. 이 납치범은 도대체 무슨 장난을 치고 있는 것인가? 게다가 무대 위로 난입해서 트로트를 부르라 니? 그런 경박한 짓거리를! 뭐라고 한마디하려 했지만, 상대의 말이 더 빨랐다.

[못 할 것 같은 사람은 기권해도 좋아. 진짜로 간절한 사람은 못 할 이유도 없을 테지만 말이야. 미션은 이미 시작됐어!]

당황한 교수의 시선이 다른 두 남자에게로 향했고, 곧 세 사람의 눈이 마주쳤다. 그 순간, 야구 모자를 눌러쓴 사내가 급히 뛰어나갔다.

그 모습에 깜짝 놀란 교수가 얼른 뒤를 쫓자, 셋 중 가장 젊어 보이는 반소매 티셔츠의 청년도 뒤늦게 따라 달렸다.

"빌어먹을!"

교수는 이를 악물고 뛰었다. 앞서 달리던 모자 사내가 힐끔 뒤를 돌아보았다. 둘의 눈이 마주쳤지만, 서로의 간절함만을 확인했을 뿐 간격은 줄어들지 않았다. 그때, 가장 늦게 출발했던 가벼운 옷차림의 청년이 엄청난 속도로 교수의 바로 뒤까지 따라잡았다.

"아!"
"…"

금세 자신을 제치고 나가는 청년을 본 교수의 얼굴이 사정없이 구겨졌다. 눈앞의 청년은 한눈에 보아도 근육질 체형에 운동신경이 좋아 보였다. 교수는 이를 악물고 달음박질에 박차를 가했다. 대학교수인 그는 이렇게 전력을 다해 뛰어본 적이 없었다.

셋은 그리 떨어지지 않은 간격을 유지한 채 야외무대에 도달했다. 무대에서는 젊은 밴드가 한창 공연 중이었고, 많은 관객이 그에 호응하고 있었다. 가장 앞서 달리던 모자 사내가 다짜고짜 무대 위로 향했고, 밴드 보컬을 덮치다시피 밀쳐냈다.

"꺅!"
"뭐, 뭐야?"

갑작스러운 사태에 당황한 밴드와 관객들을 무시하고, 사내는 그대로 마이크를 집어 들었다.

"당신을 향한 나의 사랑은~ 무조건 무조건이야~"

청년과 교수가 탄식하며 걸음을 멈춰 섰을 때, 이변이 일어났다.

"당신 뭐야!"

급히 무대 위로 뛰어든 보안 요원이 모자 사내를 제지한 것이다. 순간, 눈을 빛낸 교수가 서둘러 무대 위로 향했다. 그는 모자 사내가 보안 요원과 몸싸움을 벌이는 사이, 키보드 세션 앞의 마이크를 뽑아 들고 앞으로 나섰다. 그때만큼은 교수의 체면도 잊고, 온 힘을 다해 노래를 열창했다.

"비 내리는 호남선~ 남행 열차에~ 흔들리는 차창 너머로~"

한 명뿐인 보안 요원은 모자 사내와 엉켜 있느라 교수를 제지하지 못했고, 노래는 계속되었다.

"깜빡깜빡이는~ 희미~한~"

관객들은 욕을 하기도, 웃음을 터트리기도, 야유를 보내기도 했다. 그러든 말든 그는 꿋꿋하게 노래의 1절을 끝내고, 바로 핸드폰을 귀에 가져다 댔다.

"이봐! 됐지?"

[축하합니다! 김남우 선수 1점 획득!]

"하아."

안도한 교수는 마이크를 원래 자리에 꽂아두고 무대를 벗어났다. 그 뒤로 모자 사내의 욕설이 들려왔지만 무시했다. 곧, 모자 사내와 청년도 핸드폰을 귀에 가져다 대며 빠르게 야외무대를 벗어났다.

[두 번째 미션! 서울숲 호수 중앙에 장난감 배가 하나 띄워져 있을 거야. 그 안에 있는 쪽지를 가장 먼저 읽는 자에게 1점 적립!]

움찔 놀란 셋은 얼른 주변을 둘러보았다. 먼저 호수가 어딘지부터 찾아야 했다. 셋은 점점 빠르게 걷다가 금세 또 뛰기 시작했는데, 이번에는 셋의 방향이 다 달랐다.

연신 주위를 돌아보며 달려 나가던 셋 중 가장 먼저 호수를 발견한 이는 청년이었다. 한데, 막상 호수에 도착한 청년은 잠깐 망설였다. 수영을 잘 못하기도 했지만, 살면서 이런 호수에 들어가리라곤 상상해본 적도 없었다.

그때, 멀리서 달려오던 교수의 외침이 청년을 놀라게 했다.

"잠깐!"

깜짝 놀란 청년은, 자신도 모르게 호수로 뛰어들었다.

"푸하!"

청년은 거의 걷듯이 헤엄쳐 중앙으로 향했지만, 발이 잘 닿지 않는 부분에 이르자 속도가 급격히 줄어들었다. 뒤늦게 도착한 교수는 급히 양복 상의를 벗어 던지고서 망설임 없이 호수로 뛰어들었다. 교수는 빠르게 중앙으로 나아갔지만, 앞선 청년의 손이 먼저 장난감 배를 붙잡았다.

"아, 잠깐!"

그 모습을 보고도 포기하지 않은 교수가 장난감 배 쪽으로 다가갔지만, 청년은 쪽지를 확인하자마자 꿀꺽 삼켜버렸다.

"이런!"

청년이 방향을 돌려 호수를 빠져나가자, 교수가 간절하게 그를 불렀다.

"잠깐! 이봐요! 이봐요, 제발! 제발 좀!"

청년은 시선 한번 주지 않고 호수를 빠져나와, 바닥에 놓아둔 핸드폰을 집어 들고 외쳤다.

"사람이 최선을 다하면 안 되는 게 없다!"

그렇게 몇 번을 반복해서 외치자 핸드폰 너머로 대답이 돌아왔다.

[축하합니다! 공치열 선수 1점 획득!]

뒤늦게 도착해서 두 사람의 상황을 지켜보고 있던 모자 사내는, 핸드폰을 귀에 가져다 댄 채로 안내판이 있는 갈림길 쪽으로

걸음을 옮겼다. 그 모습을 본 청년도 얼른 호숫가를 벗어나려다
가 곧 바닥에 주저앉아 핸드폰을 조작했다. 젖은 손으로 핸드폰
을 만져 문제가 생긴 듯했다.

호수를 빠져나온 교수는 인상을 찌푸리며 청년을 노려보다
가, 바닥에 놓아둔 양복 상의를 잡아채 빠르게 걸음을 옮겼다.
곧, 핸드폰으로 다음 미션이 전해졌다.

[세 번째 미션! 서울숲 곤충식물원에는 자이언트 선인장이란 게 있
지. 그 선인장을 크게 한 입 베어 먹어! 가장 먼저 먹는 사람에게 1포
인트 적립!]

"뭐라고?"

[고통 없이는 성과도 없다! 알지? 간절해야 승리할 수 있다는 걸!]

모자 사내와 교수는 어느새 뛰고 있었다. 사내는 안내판을 보
고서 먼저 방향을 알아내어 앞서 달렸고, 교수는 멀리서 그의 뒤
를 쫓았다. 이미 거리상으로는 그를 앞지를 수 없었지만, 교수는
간절히 바랐다. 제발 그가 선인장을 늦게 찾거나, 조금이라도 망
설여서 자신에게 기회가 오기를. 하지만 그가 기대한 일은 일어
나지 않았다. 모자 사내도 간절하긴 마찬가지였다. 뒤늦게 곤충
식물원에 들어간 교수의 눈앞에, 입가에 박힌 가시를 빼며 부들
부들 떠는 사내와 그 모습을 보며 웅성대는 사람들이 보였다.

"…"

눈이 마주치자, 사내는 무시하듯 교수를 지나쳐 나갔다.

[축하합니다! 최무정 선수 1점 획득! 마치 짠 듯이 동점이라니! 이분들 게임 할 줄 아시네!]

김남우 교수. 야구 모자 사내. 반소매 티셔츠 청년. 굳은 얼굴의 셋은 각자의 위치에서 핸드폰을 귀에 가져다 대고 다음 미션을 기다렸다.

[네 번째 미션이야! 서울숲 놀이터에는 상상 거인의 나라라는 거대한 스테인리스 구조물이 있지! 구름사다리 같은 것 말이야.]

변조 음성의 설명이 끝나기도 전에 세 사람은 달렸다.

[그런데 이번 미션은 좀 위험할지도 몰라! 그 거인의 머리 꼭대기까지 올라가서 만세 삼창을 하는 거거든! 물론 구조물의 안에서가 아니라 밖에서! 조심해야겠지? 10미터가 넘는 높이라서 떨어지면 크게 다칠지도 모르거든.]

음성의 위협에도 교수는 전혀 위축되지 않았다. 그는 납치된 딸을 구할 수만 있다면 목숨쯤은 얼마든지 걸 수 있었다.

찾아야 할 놀이터의 거인 구조물은 멀리서도 잘 보였기에, 셋은 그곳을 향해 곧장 달려갔다. 그리고 거의 동시에 구조물 앞에 도착한 셋은 서로를 확인하고 또 한 번 인상을 찌푸렸다. 셋 모두 위협적일 정도로 필사적인 얼굴이었다.

거인의 오른팔에서부터 올라가는 교수.
거인의 다리 쪽에 뛰다시피 올라타는 모자 사내.
거인의 왼팔에 달라붙어 벽을 타듯이 기어오르는 청년.

다리 쪽에서 시작한 모자 사내가 몸통의 경사에서 버둥거리는 사이, 양쪽 팔에서부터 오르기 시작한 교수와 청년이 앞서 나가기 시작했다. 한데, 여기서 체력의 차이가 드러났다. 청년은 거침없이 거인의 몸을 올랐고, 결국 교수가 어깨에 채 오르기도 전에 거인의 머리 꼭대기에 우뚝 섰다.

"아, 안 돼!"

교수가 비명을 질렀지만, 청년은 양팔을 번쩍 들고 만세를 불렀다.

"만세! 만세! 만세!"
"안 돼!"

서울숲 게임

그 모습에 절망하는 교수와 사내. 청년은 얼른 전화기를 귀에 가져다 댔다.

[축하합니다! 공치열 선수 1점 획득!]

"좋았어!"

환호하는 청년의 모습에 교수의 얼굴은 울상이 되었다. 하지만 슬픈 마음도 잠시, 당장 귓가에 핸드폰을 가져다 대야만 했다.

[다섯 번째 미션은 아주 간단해! 처음의 바닥분수로 돌아가기! 선착순 한 명에게 1점!]

바닥과 가장 가까이 있던 모자 사내가 거침없이 달려 나갔다. 이에 깜짝 놀란 교수가 거인의 몸에서 풀쩍 뛰어내렸다.

"으악!"

바닥에 부딪힌 팔이 떨어져나갈 듯 아팠지만, 벌떡 일어나 필사적으로 달렸다. 머리 꼭대기에 서 있던 청년은 당황하며 급히 거인의 몸에서 기어 내려왔다.

빠르게 달리는 모자 사내와 그 뒤를 필사적으로 쫓는 교수.

교수는 할 수만 있다면 사내를 향해 돌이라도 던지고 싶었다.

"이봐요! 제발! 제발 좀!"

교수가 절규하듯 소리쳤지만, 사내는 뒤도 안 돌아보고 그저 달리기만 했다. 끝내, 사내가 먼저 바닥분수 위로 구르듯이 도착했다. 대자로 뻗어 숨을 고르는 그의 위로 물줄기가 시원하게 쏟아져 내렸다.

"헉헉."

뒤늦게 도착한 교수가 무릎을 꿇으며 고꾸라졌고, 마지막으로 청년이 굳은 얼굴로 바닥분수에 도착했다.

[듣고 있어? 들려? 다들 듣고 있는 거야?]

세 사람은 지쳐 숨을 헐떡이면서도, 귀에 전화기를 가져다 대고 있었다.

[미리 말 못했는데, 3점을 얻는 사람이 최종 승자야. 현재 공치열과 최무정이 2점이네?]

교수의 분노가 폭발했다.

"야, 이 새끼야! 너 이 새끼, 도대체!"

[워워워! 말은 하지 마시고! 내가 무슨 짓을 저지를지 모르니까!]

교수는 이를 악물고 참을 수밖에 없었다.

[어쩌면 이번 미션에서 승자가 나올지도 모르겠네. 자, 이번 미션은 멀리뛰기야!]

교수의 얼굴이 일그러졌다. 멀리뛰기라니? 고작 멀리뛰기에 딸의 목숨이 걸려 있다니?

[바닥분수의 검은 타일과 하얀 타일 보이지? 첫 라인에서 제자리 멀리뛰기로 가장 멀리 뛴 사람이 승자야. 착지한 그 위치에서 움직이면 안 돼! 바닥의 물 때문에 미끄러울 텐데, 넘어지거나 발을 떼면 그대로 탈락이야!]

교수는 청년을 보며 인상을 찌푸렸다. 운동신경이 좋아 보이는 저 청년을 이길 순 없을 것 같았다.

[정확히 하자고! 나는 가까운 곳에서 보고 있으니까 말이야.]

셋의 시선이 동시에 주변을 훑었지만, 수상한 자를 찾아내진 못했다.

[자, 그만들 하고, 모두 바닥분수 앞에 일렬로 서!]

깜짝 놀란 셋은 연신 주변을 둘러보면서도 목소리가 지정해 준 라인 앞에 섰다. 금을 밟은 것까지 지적해주는 걸로 봐서는 분명히 가까운 데서 그들을 지켜보고 있는 듯했다. 모든 준비가 끝나자, 음성은 먼저 청년을 지목했다.

[나이가 어린 사람부터 하자고. 가장 먼저, 공치열! 당신이 먼저 뛰어!]

"후우."

심호흡을 한 청년은, 팔을 아래위로 휘저으며 있는 힘껏 앞으로 뛰었다.

"큭!"

청년이 굉장한 거리를 뛰고서도 무사히 착지하자, 남은 둘의 얼굴이 급격히 어두워졌다.

[다음은 최무정. 당신 차례야!]

모자 사내는 작게 욕설을 내뱉으며 자세를 잡았다. 그는 개구리처럼 잔뜩 쭈그려 앉았다가 펄쩍 뛰었다.

철퍼덕!

"컥!"

사내는 착지에 실패해 넘어지고 말았다. 욕설을 내뱉으며 자리에서 일어나지 않았다.

[마지막으로 김남우 교수! 당신이야. 당신이 이기면 다음 미션이 있다고. 최선을 다해봐! 최선을 말이야.]

"…"

미간을 찡그린 교수는 이를 악물었다. 그는 딸의 얼굴을 떠올리며, 필사적으로 팔을 앞뒤로 휘저었다.

"제발… 제발… 제발…"

교수는 정말 필사의 각오로, 온 힘을 다해 펄쩍 뛰었다.

"으랴앗!"

미끄러질 듯 아슬아슬하게 착지했지만, 결국 우뚝 서는 데 성공했다.

"…"

하지만 청년의 거리에는 미치지 못했다.

[최후의 우승자는, 공치열!]

"좋았어!"

환호하는 청년과 절규하는 두 사람.

"으아!"
"아, 씨발!"

비명을 지르던 교수는, 급히 전화기에 대고 소리쳤다.

"이건 아니야! 신체 조건부터가 불공평했다고! 처음부터 불공평한 미션이었다고! 인정할 수 없어!"

[…]

그 순간, 김남우 교수의 귓가에 변조되지 않은 목소리가 들려
왔다.

[불공평하다니요? 진심으로 최선을 다하면 극복하지 못할 일이 없
다고 하지 않으셨나요?]

"뭐?"

[교수님이 항상 말씀하셨잖아요? 네가 해내지 못한 건 최선을 다
하지 않아서다.]

"너… 너 누구야! 너 누구야, 이 새끼야!"

[저를 기억하실까요? 정재준이라고.]

"정재준? 정재준?"

교수는 재빨리 머리를 굴렸다. 그러나 얼른 얼굴이 떠오르지
않던 그때, 목소리가 다시 말했다.

[작년에 교수님의 추천장을 못 받고 자퇴했던 학생인데.]

얼핏 기억이 떠오르는 듯했다.

"너, 너!"

[그래도 기억을 못 하시겠다면… 얼굴을 보면 기억이 나실까요?]

"…"

바닥분수 근처에 있던 원피스 차림의 여성이, 긴 머리 가발을
벗으며 걸어왔다.

"너, 너 이 새끼!"

교수는 부릅뜬 눈으로 그 얼굴을 확인하고는, 달려들어 먹살
을 잡았다.

"이 새끼야! 내 딸! 내 딸 어딨어, 이 새끼야!"

그는 교수의 말을 무시하고 크게 외쳤다.

"교수님은 항상 말씀하셨죠! 너는 간절함이 부족하다! 겉멋

부릴 시간에 진짜 노력을 해라!"

"내 딸 어뎄냐니까, 이 새끼야!"

"최선을 다하면 안 되는 게 없다!"

"야, 이 새끼야!"

"고통 없이는 성과도 없다!"

"이 새끼야!"

"진심으로 목숨 걸고 해본 적은 있냐!"

"닥쳐, 이 새끼야!"

"네 일이 밀린 건 다 네 잘못이다! 정말로 간절하면 못 해낼 일이 없다!"

"닥치라고!"

퍽!

교수가 휘두른 주먹에 정재준은 고개가 휙 꺾이며 바닥으로 나가떨어졌다. 거친 호흡을 몰아쉬는 교수. 정재준은 고개도 돌리지 않은 채로 물었다.

"어떻습니까? 간절하니까 됩니까? 목숨 걸고 해서 이겼습니까? 진심으로 최선을 다했더니 되던가요?"

"이… 이…"

부들부들 떨던 교수가 다시 정재준의 멱살을 잡고 흔들었다.

"내 딸! 내 딸 어디 있냐고, 이 새끼야!"

정재준은 힘없이 흔들리다가, 피식 웃으며 말했다.

"…지셨잖아요?"
"이 씨발 새끼!"

눈이 돌아간 교수의 주먹이 또 한 번 정재준의 얼굴에 내리꽂히려던 찰나, 정재준이 교수를 밀쳐내며 그의 몸에 올라탔다.

"컥! 이 새끼! 이 개새끼!"

몸이 깔린 채 미친 듯이 발악하는 교수의 얼굴을 내려다보며, 정재준이 말했다.

"따님은 무사합니다."
"뭐?"

순간 교수의 몸이 뻣뻣하게 굳어버렸다. 반면, 정재준은 무덤덤한 목소리로 말했다.

"따님은 지금쯤 무사히 집으로 돌아갔을 겁니다."

"너… 너 이…"

교수의 눈이 흔들리든 말든, 정재준은 이어 말했다.

"한 가지만 대답해주세요. 그 대답을 듣기 위해 이 모든 짓거리를 했으니까요."
"너…"
"최선을 다하니까 되던가요? 목숨 걸고 최선을 다하니까 되던가요, 교수님?"
"미친 새끼! 이 미친 새끼!"

정재준은 원하는 대답이 아니라는 듯, 고개를 흔들었다.

"교수님이 그러셨잖아요. 최선을 다하면 안 되는 일이 없다, 네가 최선을 다했다는 건 거짓말이다, 너처럼 간절함도 모르는 놈을 추천해줄 순 없다."
"…"
"그런데 교수님은 왜 지셨죠? 정말로 간절했는데 왜 지셨죠? 딸을 위해 목숨 걸고 최선을 다했는데 왜 지셨느냔 말입니다!"
"너…"

말문이 막힌 교수는 그저 욕설만 내뱉었다.

"이… 미친 새끼… 미친… 미친 새끼!"
"…"

무겁게 침묵하던 정재준이 피식 웃으며 말했다.

"교수님이 틀리셨습니다. 이제 아셨죠? 사람이 아무리 간절해도 안 되는 일이 있다는 걸요. 교수님이 멋대로 판단하셨던 그 시절의 저도 최선을 다해 노력했습니다. 다만 다른 사람들과 출발선 자체가 달랐을 뿐입니다. 교수님이 느꼈던 불공평함처럼 말입니다."
"너는… 너는 고작 그따위 일 때문에 이런 끔찍한 범죄를 저질렀단 말이냐! 저 죄 없는 사람들까지 끌어들여서!"

순간 정재준이 교수의 몸 위에서 벌떡 일어났다. 교수가 가벼워진 상체를 일으키며 무섭게 노려보자, 그가 말했다.

"교수님은 딸의 목숨을 걸고 이 게임에 임하셨죠? 그런데 모두가 똑같은 이유로 게임에 참여했을까요?"
"뭐?"

정재준이 모자 사내를 가리켰다.

"저 사람은 돈 100만 원 때문에 이 게임에 참가했습니다. 저

서울숲 게임

사람이 게임 내내 보였던 간절함은 고작 우승 상금 100만 원 때문이었던 거죠."

"뭐?"

이번에는 정재준의 손이 청년에게로 옮겨 갔다.

"그럼 최종 승리자인 저 청년은 제가 어떻게 구했을까요? 그냥 인터넷에 글 하나 올렸습니다. 유명 유튜버가 영상을 제작하는데, 참가할 사람 있냐고요. 상금이나 상품은 없지만, 재밌을 거라고 말입니다."

"…"

"재미로 뛴 사람이 교수님을 이긴 겁니다. 그 누구보다 간절했을 교수님을요."

교수의 눈동자가 사정없이 흔들렸다. 정재준은 그의 눈을 똑바로 바라보며 말했다.

"이제는 아시겠습니까? 마음만 간절하면 못 해낼 일이 없다는 교수님의 생각은… 틀렸다는 걸 말입니다."

"…"

교수는 아무런 말도 할 수 없었다. 무슨 말이든 하고 싶은 마음이 간절했지만, 그 어떤 말도 입 밖으로 나오지 않았다.

세 여배우의 몰락

"깜짝 놀랄 만한 사건을 일으킨다면, 그 사람을 주인공으로 캐스팅하겠네."

세계적인 거장 두석규 감독의 제안에 세 여인은 긴장했다.

최고의 인기를 누렸으나 이제 한물간 배우 임여우, 현재 최정상 배우 홍혜화, 대세 신인 배우 장진주. 셋은 저마다의 이유로 주인공 역할이 간절했다.

"자세히 말해줄 순 없지만, 이번 영화의 주인공을 한마디로 표현하자면 '몰락하는 여배우'일세. 최종 후보로 자네들 셋을 생각 중인데… 난 이 자리에서 평범한 오디션 연기를 보고 싶진 않단 말이야. 그러니까 이 방을 나가서, 전 국민을 상대로 연기를 해보게. 내가 깜짝 놀랄 만한 그런 연기를 말일세."

두석규는 사무실의 한구석을 가리켰다.

"지금 이 이야기는 모두 녹화되는 중이고, 보름 뒤에 공개할 걸세. 자네들은 보름 동안 대중들 앞에서 연기를 펼쳐보게나. 보름 뒤엔 이 영상이 공개될 테니 뒷일은 안심해도 되네. 어쩌면 좋은 광고 효과도 볼 수 있겠지. 자네들 중에 가장 놀라운 모습을 보여준 사람을 주인공으로 캐스팅하겠네. 어떤가?"

말은 간단해도, 쉽지 않은 일이었다. 이미지로 먹고사는 배우들이 스스로 몰락을 한다? 광고주와 소속사가 고소를 해도 할 말이 없는 일이었다. 하지만 매력적인 일이기도 했다. 세계적인 거장 두석규의 이름값이라면 대중을 속인 것 정도는 용서받을 수 있을 것이다. 후에 모든 게 연기였다는 사실이 밝혀진다면 사람들이 얼마나 놀랄까? 화제가 되는 건 물론이고, 뜻밖의 평가가 나올지도 모른다.

"…"

고민하는 듯했지만, 세 여배우는 결국 고개를 끄덕였다. 절대 놓치고 싶지 않은 주연이었고, 기회였다.

⋮
⋮

[배우 임여우 씨의 갑질 동영상이 논란을 일으키고 있습니다. 문제

의 동영상은 임여우 씨가 매니저를 향해···]

임여우의 갑질 동영상이 인터넷을 뜨겁게 달구었다. 임여우가 운전 중인 매니저의 뒤통수를 치고, 발로 의자를 차는 블랙박스 영상이었다. 요즘은 한물갔다지만 한때 청순한 이미지로 유명했던 임여우의 갑질은 대중들에게 큰 충격을 줬다.

"너희 임여우 갑질 동영상 봤어? 그년 쓰레기야, 완전!"
"아무리 연예인들이 겉과 속이 다르다지만, 임여우가? 와, 충격적이다."
"자기가 뭐라고 갑질이야? 한물간 배우 주제에!"

재벌의 갑질 논란 때와는 반응이 달랐다. 이번에는 대중들이 적극적으로 들고일어났다. 임여우에 대한 비난이 난무하는 가운데, 임여우가 긴급 기자회견을 열었다. 그녀는 눈물을 흘리며 변명했다.

[불미스러운 모습을 보여드려 정말 죄송합니다. 하지만 그날은 매니저가 제 속옷을 훔쳐서 팔려던 걸 알게 되어 너무나 화가 난 나머지··· 지금은 다 용서했지만, 당시에는 저도 감정을 자제할 수가 없었습니다. 정말 죄송합니다.]

인터넷에 퍼졌던 블랙박스 영상이 소리가 없는 영상이었기에

세 여배우의 몰락

가능한 변명이었다. 그녀의 눈물이 효과가 있었는지, 대중의 여론이 180도 바뀌었다.

"사실이면 그 매니저가 쓰레기네!"
"세상에! 나 같아도 그렇게 때렸겠다!"
"와! 그걸 봐주고 자르지도 않았어? 천사네, 천사야!"

그러나 두석규의 감탄을 자아낸 일은 그다음 날 벌어졌다. 다음 날, 동영상 속 매니저가 대중 앞에 나타난 것이다.

[그냥 참아보려 했는데, 저희 부모님이 우는 모습까지 보고 나니까 참아선 안 될 것 같습니다. 제가 속옷을 훔쳤다고요? 정말 웃기시네요! 임여우 씨가 제게 보낸 문자를 공개합니다.]

그는 자기 기자회견 내용에 입을 맞춰야 할 거라고 협박하는 임여우의 문자를 공개했다. 그뿐만 아니라 통화 녹음까지 공개하면서 임여우의 기자회견 내용이 모두 거짓이었단 사실을 밝혔다.
당연히 대중의 분노는 폭발했다.

"와, 임여우 진짜 완전 개쓰레기네!"
"기자회견장에서 서럽게 울던 모습은 뭐야? 다 연기였던 거야? 소~름!"

갑질 논란에 괘씸죄까지 추가되어, 배우 임여우의 이미지는 더 이상 떨어질 곳 없는 바닥까지 추락했다. 팬카페에는 욕설이 난무했고, 모욕적인 패러디들이 우후죽순 생겨났으며, 그간 찍었던 작품의 평점 테러까지 일어났다. 다시는 그녀를 스크린에서 볼 수 없을 것만 같았다.

정말로 여배우의 완벽한 몰락, 그 자체였다.

그런데 임여우 사건이 식기도 전, 장진주 스캔들이 터졌다. 사건은 장진주가 출연한 한 예능 프로그램에서 벌어졌다.

[장진주 씨는 일주일 전 점심으로 뭘 먹었는지 기억하시나요?]
[글쎄요. 잘 기억이 안 나는데요?]
[그럼 지금부터 최면술로 장진주 씨의 일주일 전 점심 메뉴가 무엇이었는지 알아보겠습니다. 여기 저희가 입수한 일주일 전 점심 사진이 있습니다. 과연 장진주 씨는 최면술을 통해 이 메뉴를 떠올릴 수 있을까요? 실제 최면 수사가 어떻게 이루어지는지, 이제부터 보여드리겠습니다.]

진행자의 소개를 받고 나온 최면술사가 장진주를 상대로 최면술을 펼쳐 보였다. 얼마 안 가 잠에 빠져든 것처럼 보이는 장진주의 모습이 화면에 비쳤고, 최면술사가 물었다.

세 여배우의 몰락

[일주일 전으로 돌아갑니다. 무엇이 보입니까?]

그러나, 이 부분에서 모두가 예상치 못한 일이 벌어지고 말았다. 장진주가 온몸을 사시나무 떨듯이 떨면서 이렇게 말했던 것이다.

[요, 용서해줘! 죽일 생각은 없었어! 일부러 그런 게 아니야! 용서해줘, 제발!]

스튜디오에 있던 모두가 당황했지만, 장진주는 침까지 흘려가며 공포에 질린 모습을 생생하게 보여주었다.

[제발 용서해줘! 오빠가 죽을 줄은 몰랐어! 정말이야! 죽일 생각까지는 없었다고! 제발!]

방청객들이 웅성거리기 시작했고, 당황한 최면술사가 빠르게 손가락을 튕겼다.

[장진주 씨! 깨어납니다! 깨어납니다!]
[아아아악!]

비명을 지르며 벌떡 일어난 장진주가 주변을 둘러보며 오들오들 떨었다. 수습이 안 되는 분위기에서, 최면술사가 참지 못하고 물었다.

[장진주 씨, 죽일 생각은 없었다는 건…]

그 말을 듣자마자 장진주는 새하얗게 질려 어떤 대답도 하지 못했다. 진행자는 장진주가 영화 이야기를 하는 것 같다며 뒤늦게 수습했지만, 효과가 없었다. 대중들은 장진주가 살인을 한 것 아니냐며 이런저런 가설들을 떠들어댔는데, 다음 날 전해진 충격적인 소식이 그 의혹에 확신을 심어주었다.

[배우 장진주 씨가 사업가 김 모 씨 살해 혐의로 경찰 조사를 받게 되었습니다. 김 모 씨 아내의 증언에 의하면…]

일주일 전 실종 신고된 사업가 김 모 씨의 아내는 경찰에게 장진주가 용의자라고 주장해왔다. 남편이 장진주의 스폰서라는 이유였다. 그러나 계속된 아내의 요청에도 경찰은 움직이지 않았고, 그러다 방송이 화제를 모은 이후 장진주를 조사하기 시작한 것이었다.

사람들은 이 영화 같은 스토리에 열광했다.

"대박! 장진주가 스폰서가 있었어? 그럼 장진주가 그 남자를 죽인 거고?"

"남자가 협박했겠지! 장진주가 요즘 대세잖아. 스폰서의 존재가 부담됐을 거야. 그래서 어쩌다 보니 살인까지 하게 되고!"

자칭 네티즌 수사대라는 이들에 의해, 실제 일주일간 업데이트 없는 피해자의 SNS가 공개됐고, 장진주의 SNS에 올라온 것과 같은 배경으로 찍은 사진들까지 하나하나 파헤쳐졌다. 장진주 스폰서설이 기정사실화되자, 이어지는 장진주의 살인설까지도 사실로 여겨졌다.

대세였던 장진주는, 순식간에 국내 최초의 살인마 여배우가 되었다.

두석규도 설마 살인마까지는 예상하지 못했다. 게다가 최면술 연기로 이슈를 만들어낼 줄이야. 그는 솔직히 감탄했다.

집에서 두문불출하고 있던 임여우도 장진주의 모습을 보며 긴장했다. 과연 자신의 몰락이 더 인상적이었을까, 장진주의 몰락이 더 인상적이었을까?

두석규가 이야기한 날까지 남은 시간은 단 3일. 임여우와 장진주는 자신들 중 한 명이 영화 주인공으로 캐스팅되리라 생각했다. 이 정도 이슈를 3일 이내에 뒤집을 만한 한 방이 홍혜화에게 있을 리 만무하니까.

하지만 있었다. 홍혜화는 아주 간단한 방법으로 가장 강력한 몰락을 보여주었다.

[충격적인 소식입니다. 배우 홍혜화 씨의 섹스 동영상이 유출되었

습니다.]

"…"
"…"

뉴스를 접한 임여우와 장진주는 할 말을 잃었다. 인터넷에 퍼진 동영상 속 홍혜화는 실제 섹스를 하고 있었다. 절대 조작이라고 생각할 수 없을 만큼 홍혜화의 얼굴이 선명하게 나온 영상이었다.

홍혜화의 동영상은 장진주와 임여우에 대한 모든 뉴스를 잠재웠다. 대중들에겐 갑질보다도, 살인보다도 여배우의 섹스 동영상이 더 자극적이었다. 임여우와 장진주는 허탈했지만 인정할 수밖에 없었다. 절대 홍혜화만큼 할 자신이 없었기 때문이다. 차라리 사람을 죽이면 죽였지, 우리나라에서 홍혜화처럼 여배우의 섹스 동영상은…

약속된 보름째 되는 날, 거장 두석규의 깜짝 발표에 온 나라가 들썩였다.

"미친! 결국 그게 다 오디션이었단 말이야? 미쳤네, 진짜!"
"세상에, 임여우의 기자회견이랑 매니저의 폭로까지 다 연기였다고? 대박이다!"
"장진주는 어떻고! 와, 경찰까지 이용해먹은 거야?"

세 여배우의 몰락

"진짜 대단한 건 홍혜화지! 아무리 연기를 위해서라고 해도 그렇게까지 하다니!"

사람들은 충격을 받았지만, 한편으로는 감탄을 금치 못했다. 이러니저러니 해도 거장다운 행보였다. 날이 갈수록 거장 두석규의 차기작에 대한 사람들의 관심도 높아져만 갔다.

많은 사람이 예상했던 대로, 두석규의 차기작 주연은 홍혜화로 결정되었다. 이는 장진주와 임여우도 깔끔하게 인정하는 바였다. 사실, 두 여인은 손해 볼 게 없었다.

수많은 프로그램이 앞다퉈 임여우와 갑질 피해자 역할을 했던 매니저를 섭외하려 했다. 장진주도 그동안의 연기력 논란이 깔끔하게 사라졌으며, 주연 작품 제의가 끊임없이 쏟아졌다.

다만, 홍혜화에 대한 반응은 두 갈래로 나뉘었다.

연기를 위해서라면 뭐든지 할 수 있는 훌륭한 배우다. 대단하긴 하지만 솔직히 너무 과했다.

그래도 영화의 주연으로 낙점된 사람은 홍혜화였고, 덕분에 영화는 개봉하기도 전에 흥행이 보장되었다. 또 이 사건이 해외에까지 화제를 일으켜, 유명 감독들의 SNS에 홍혜화의 이름이 오르내렸다.

이제 홍혜화가 할 일은 기자회견을 열어, 연기에 대한 자신의 열정이 얼마나 대단한지 어필하는 것뿐이었다. 어쨌든 그녀가 보여준 연기에 대한 열정은 사람들 모두 인정할 정도였으니까.

．
．
．

한 달 전. 차기작에서 홍혜화를 주연으로 쓰려던 두석규는 뜻
밖의 거절을 당하게 되었다.

"리벤지 포르노라고?"

"예. 제가 데뷔하기 전에 사귀었던 남자에게 협박을 받고 있
거든요. 그래서 감독님 작품에 함께할 수 없어요. 만약에 영화가
공개된 후에 그놈이 동영상을 퍼뜨린다면, 감독님께 큰 폐를 끼
치게 될 거예요. 죄송해요. 저는… 배우 인생이 끝난 사람이에
요."

"…"

쉽게 말하기 어려운 사실을 솔직하게 고백하는 홍혜화의 모
습에 두석규의 마음이 움직였다.

"…그놈이 보낸 동영상을 지금도 가지고 있나? 어쩌면 내가
자네를 도와줄 수도 있을 것 같은데."

세 여배우의 몰락

노인의 손바닥 안에서

찾아가기 어려울 만큼 외진 곳에 있었던 그 칵테일바에는, 숨겨진 입장 조건이 있었다. 그곳에 들어가려면 4월 1일에 태어난 20대이거나, 재산이 200억 이상이어야 했다.

대개는 손님이 없었지만, 오늘은 웬일로 두 명의 손님이 있었다. 괴로운 얼굴로 술을 마시는 청년. 그리고 그를 먼발치에서 지켜보고 있는 60대 노인.

청년의 얼굴에 술기운이 올라오자, 때가 되었다고 느낀 노인이 자연스럽게 청년의 옆자리로 다가갔다.

"자네 생일이 4월 1일인가?"
"네? 아니, 그걸 어떻게…"

청년이 놀란 얼굴로 바라보자, 노인이 피식 웃으며 농을 던졌다.

"그냥 찍어봤네. 얼굴에 4월 1일생이라고 쓰여 있길래 말이야."
"네?"
"근데 자네, 무슨 고민이 있나 보군?"
"아…"

청년은 잠깐 뜸을 들이다, 한숨을 내쉬고서 말했다.

"이제 내일모레면 서른인데… 저는 인생 실패자입니다."
"흐음."

한 차례 턱을 쓰다듬은 노인이 바텐더를 향해 손짓하자 청년의 빈 술잔이 채워졌고, 그 술 한 잔에 청년의 입도 터졌다.

"오늘 대학 동창의 결혼식이 있었습니다. 신혼집이 새 아파트라더군요. 그 이야기를 듣고 있자니 제 처지가 한심해서 견딜 수가 없었습니다. 저는 이 나이 먹도록 입에 풀칠할 만한 기술도 없고, 취직도 못 했고, 당연히 모아둔 돈도 없고… 할 줄 아는 거라곤 게임뿐입니다. 남들처럼 부모 잘 만나서 편하게 사는 것도 아니고, 좋은 길로 끌어줄 인맥도 없어요. 외모나 말발이라도 좋으면 몰라, 정말 아무것도 가진 게 없습니다. 답이 안 나오는 인생 실패자죠."

"흠."

청년은 연거푸 한숨을 내쉬었다. 그 모습을 지켜보던 노인이
말했다.

"아무것도 가진 게 없다니. 자네에겐 젊음이 있지 않은가?"

"젊음이요? 하하."

청년은 입술을 비틀어 웃었다.

"젊음이 뭐 밥 먹여주나요? 젊다고 돈이 나옵니까, 뭐가 나옵
니까? 이 아무짝에도 쓸모없는 젊음!"

"흠. 글쎄?"

노인은 자신의 앞에 놓인 술을 한 모금 홀짝인 뒤, 목소리를
낮춰 말했다.

"내가 자네라면 그렇게 살지 않을 걸세."

"예?"

"내가 자네였다면 오늘 이렇게 혼자 술집이나 오는 짓은 하지
않았을 거란 말일세. 불쌍한 나를 위해 분위기 좋고 비싼 칵테일
바에 들러 궁상을 떤다? 바보 같은 짓이지."

"…"

청년이 얼굴을 찌푸렸다. 그러자 노인이 피식 웃었다.

"한마디로 말해, 자네는 지금 젊음을 낭비하고 있다는 말일세. 왜? 기분 나쁜가?"

"…"

"자네는 하루를 어떻게 보내는가? 어제 뭘 했는지 단번에 기억이 나긴 하나?"

"무슨…"

"열심히 사는 사람들은 어제의 기억이 흐리지 않아. 이틀 전도, 사흘 전의 기억도 언제나 분명해. 무엇을 배웠는지, 나가서 뭘 했는지, 뭘 위해서 시간을 투자했는지 똑똑히 기억하지. 자네는 어떤가? TV나 본 기억, 게임이나 한 기억? 하하. 자넨 한 시간이 그냥 흘러도 아까운 줄을 모를 테지. 열 시간이 흘러도 마찬가지일 거고. 아까운 젊음을 낭비하고 있다는 말일세. 나였다면 절대 그렇게 살지 않아. 자네처럼 노력도 하지 않고 한탄만 한다고 인생이 달라지나?"

"아니, 지금 무슨!"

발끈한 청년의 목소리가 커졌다.

"저도 노력했습니다! 그런데 해도 안 되는 걸 어떡합니까?"

노인이 날카로운 눈빛으로 되물었다.

"정말인가? 정말로 최선을 다했어? 가슴에 손을 얹고 말할 수 있을 정도로?"

노인은 안타깝다는 듯 고개를 흔들었다.

"자네는 자네가 가진 젊음이 얼마나 큰 가치를 지녔는지 몰라. 자네의 한 시간은 내 하루보다도 가치 있지. 난 자네가 참 부럽고, 또 안타깝네. 내가 만약 자네처럼 젊었다면 절대 그렇게 살지 않았을 텐데 말이야."
"뭐라고요? 이… 어휴."

화가 난 청년이 자리에서 벌떡 일어났다. 그 순간, 노인이 말했다.

"내 나이는 66세, 재산은 200억이 넘네."
"!"
"내가 만약 자네 나이로 돌아갈 수만 있다면 이보다 수십 배는 더 성공할 자신이 있어. 알겠나? 젊음이란 그런 거야."
"아, 예. 어렵하시겠습니까? 돈이 많으니까 한가한 소리도 참 쉽게 나오네요!"

청년은 노인을 무시하고 바텐더를 보았다. 계산을 하고 떠날 모양새였는데, 그런 그를 노인이 붙잡았다.

"그럼 나와 바꾸지 않겠나?"
"뭘요?"

노인은 청년의 손을 붙잡아 자리에 앉히며 말했다.

"자네는 오늘 정말로 운이 좋네. 아무나 못 오는 이 술집을 찾아온 것만으로도 조상이 도왔다고 할 수 있지."
"무슨…"

억지로 의자에 앉혀진 청년의 미간이 좁아졌다. 그러거나 말거나, 노인은 바텐더에게 손짓하며 말했다.

"자네는 모르겠지만, 이 칵테일바에서는 백혼주라는 걸 판다네."
"백혼주?"
"두 사람이 계약을 하고 마시는 술이지. 그걸 마시면 두 사람의 인생이 뒤바뀌게 된다네."

노인은 기대된다는 얼굴로 낮게 웃었고, 청년은 이해할 수 없

　　　　　　　　　　　　　　노인의 손바닥 안에서

어 인상만 찌푸렸다.

"지금 무슨 소리를 하는 겁니까?"
"어떤가? 나와 계약을 할 텐가? 자네의 그 실패한 인생과 내 인생을 바꾸자는 말일세!"
"그게 무슨 말 같지도 않은…"

청년이 짜증을 내려던 그때,

탁!

바텐더가 작은 술병 하나를 두 사람 앞에 내려놓았다. 청년이 움찔 놀라 술병을 바라보고 있는데, 노인이 청년과 자신의 잔에 담긴 술을 바닥에 부으며 말했다.

"나는 자네의 젊음을 가지고, 자네는 내 재산을 가지는 걸세. 200억이 넘는 내 재산을 말이야."
"뭐라고요?"
"아까 자네가 그러지 않았나? 아무짝에도 쓸모없는 젊음이라고. 그 쓸모없는 젊음을 내게 주게나."
"…"

청년은 심각한 얼굴로 바텐더와 노인을 번갈아 보았다. 이 사람들이 미친 건가 고민하는 표정이었지만, 노인은 진지했다.

"자네와 내가 계약을 하고서 이 백혼주를 마시면 그 즉시 우리의 인생이 뒤바뀔 걸세. 자네는 66살의 성공한 자산가로, 나는 20대의 아무것도 없는 청년으로 변하겠지. 아주 자연스럽게, 마법처럼 말이야."

노인은 깨끗하게 비운 술잔 두 개를 바에 내려놓았다. 곧 바텐더가 잔에 백혼주를 따랐고, 그걸 본 청년은 깜짝 놀랐다.

"이, 이건?"

분명 하나의 술병에서 나온 술인데 각각 푸른빛과 붉은빛을 뿜어대는 게 아닌가? 한눈에 보아도 신비한 그 술의 빛에 청년의 눈이 휘둥그레져 있는데, 노인이 물었다.

"어떤가? 나와 바꾸겠나?"
"…"

침을 꿀꺽 삼킨 청년이 심각한 얼굴로 고민에 빠졌다. 말없이 청년의 대답을 기다리던 노인이 손으로 마른 입술을 문질렀다. 청년이 거절할까 봐 내심 불안한 모양새였다.
1분여를 고민하던 청년은 결국, 고개를 끄덕였다.

"바꾸겠습니다! 예, 바꿀 겁니다."

노인은 환하게 웃었다. 그는 청년의 마음이 바뀔세라 급히 바텐더를 돌아보았다.

"이봐, 바텐더! 우리 지금 계약하겠네! 증명을 해주게!"

바텐더는 웃으며 고개를 끄덕였고, 그것을 확인 신호로 알아들은 노인이 푸른 술잔을 들었다. 청년도 뒤따라 붉은 술잔을 들었다.

"그럼, 동시에!"
"…"

긴장된 얼굴의 두 사람이 백혼주를 입으로 가져가, 한 번에 들이켰다.
설명할 수 없는 맛에 인상을 찌푸린 둘이 술잔을 내려놓자마자,

"아!"

겉모습이 급속도로 변하기 시작했다.

청년은 점점 늙어갔고, 입고 있는 옷가지와 신발이 모두 명품으로 변했다.

노인은 점점 젊어졌고, 입고 있는 옷가지와 신발이 모두 평범한 것으로 변했다.

휘둥그레진 눈으로 서로를 바라보는 두 사람. 곧,

"으하하하하!"

조금 전까지 노인이었던 청년이 자신의 몸을 더듬으며 웃음을 터트렸다.

그는 의자에서 내려와 몇 번을 뛰어보다가, 조금 전까지 청년이었던 노인에게 말했다.

"이보게! 좋은 거래였네! 나는 이만 가보겠네. 이 젊음이 너무 아까워서 한시라도 낭비하고 싶지 않으니까 말이야!"

그는 가벼운 걸음으로 달려 나갔다.

"…"

남겨진 노인은 그 뒷모습을 가만히 바라보다가, 바텐더를 향해 몸을 돌렸다.

노인의 손바닥 안에서

"휴…"

길게 한숨을 내뱉은 노인이 새로 술을 주문하며 빙긋 웃었다.

"멍청한 양반 같으니. 한번 살아보라지. 어디 말처럼 쉬운가."

노인은 바텐더 앞에서 한껏 기지개를 켰다.

"어휴! 내가 여기서 몇 달을 죽치고 있었는지, 원!"
"하하."
"이 양반 재산이 원래 내 재산보다는 적은 것 같지만… 어쩔 수 없지. 그렇게 어영부영 서른 살이 되는 것보다야 훨씬 나으니까."
"축하드립니다."
"축하는 무슨! 내가 다시는 20대랑 인생을 바꾸나 봐! 정말 거지 같은 3년이었다고! 어휴, 안 되는 건 안 돼. 저 양반도 곧 현실을 깨닫게 되겠지."

노인은 느긋하게 웃으며 내내 그리워하던 안도감을 만끽했다. 밖으로 나간 그를 위해 혀를 쯧쯧 차면서 말이다.

가챠!

"후아아암… 응?"

잠에서 깨어난 소년은 시계를 보며 고개를 갸웃했다. 평소라면 진작에 엄마가 깨웠을 시간인데?

잠옷 차림의 소년이 방문을 열고 나가니, 엄마가 거실에서 낯선 남자와 대화하는 모습이 보였다. 남자는 다름 아닌 정수기 영업 사원이었다.

"이 정수기는 이번 주에 발매된 최신 제품으로, 탄산수 기능부터 제빙 기능까지 안 되는 게 없는 최고급 제품입니다. 만약 사모님께서 빨간 종이를 뽑으시면 이 정수기는 그냥 공짜로 드리고, 평생 유지 보수는 물론 최신 제품 업그레이드 3회 보장권까지 드립니다. 빨간 종이를 뽑을 확률은 무려 3퍼센트입니다,

3퍼센트!"

"어머, 세상에!"

"빨간 종이가 아니더라도, 이 10퍼센트 확률의 파란 종이를 뽑으시면 방금 전 그 최신 제품을 그냥 드립니다. 비록 유지 보수와 업그레이드 서비스는 제공되지 않지만, 이것만으로도 충분히 이익을…"

소년은 엄마가 열중한 듯하여, 말을 걸지 않고 뒤에 조용히 서 있었다.

영업 사원은 종이 상자에서 손톱만 한 각종 색종이를 꺼내 보이고 있었는데, 마지막으로 하얀 종이를 보여주며 말했다.

"게다가 안심할 수 있는 점은, 이 65퍼센트 확률로 나오는 흰 종이를 뽑는다 해도 절대 손해 보지 않는다는 겁니다. 비록 작년 모델이긴 해도 웬만한 기능은 다 있는 제품을…"

엄마의 지갑이 열리는 건 순식간이었다.

"20만 원이라고 했죠?"

엄마가 신용카드를 긁자, 영업 사원은 색종이가 든 종이 상자를 흔들어 내밀었다. 안을 들여다볼 수 없게 처리된 그 종이 상자에 팔을 넣은 엄마는 상기된 얼굴로 종잇조각을 뒤적거렸다.

"제발 빨간색! 빨간색 나와라!"

신중히 고르다가, 마음을 정했는지 주먹 쥔 손을 천천히 빼낸 다음 조심스럽게 펼쳐 보는데…

"악! 흰색!"
"아… 아쉽습니다."

엄마는 얼굴을 찌푸리며 아쉬워하다가, 영업 사원에게 물었다.

"이거 반납하고 다시 뽑기 있죠?"
"물론입니다. 반납하고 10만 원만 내시면 다시 뽑기가 가능합니다."
"10만 원요? 음…"

엄마는 1분쯤 고민하다가 결국 다시 카드를 긁었다. 그러고는 어떻게 알았는지 뒤에 서 있던 소년을 돌아보며 말했다.

"아들! 이번엔 네가 뽑아봐!"

소년은 내심 기뻐하며 상자 속으로 손을 넣었다. 두근두근한 심정으로 종이들을 휘적거리다, 이놈이다 싶은 종이 한 장을 빼

가챠!

들었는데,

"아이씨, 흰색이네…"
"아휴!"

엄마는 소년의 팔뚝을 치며 아쉬워했다.

영업 사원이 한 번 더 권했지만 엄마는 거기서 그쳤고, 결국 작년 모델의 정수기를 설치하기로 했다. 30만 원을 들인 것치곤 좀 허접해 보이긴 했지만, 어쩔 수 없었다.

소년은 아침 내내 엄마에게 핀잔을 듣다가 등굣길에 나섰다. 정류장에서 중학교로 가는 버스에 올라탄 소년은, 교통 카드를 찍으며 운전석 옆에 달린 모니터를 바라보았다. 카드를 찍자마자 화면 속 룰렛이 돌아가기 시작했다. 상기된 표정의 소년이 기대하며 지켜보는 가운데,

[축! 1등 당첨!]

"아싸!"

화면이 반짝이고, 소년은 환호했다.

기계장치는 소년의 교통 카드를 다시 충전해주었고, 소년은 버스 가장 뒷자리로 향했다. 그곳에는 편안히 누워서 갈 수 있는 침대형 공간이 마련되어 있었는데, 소년은 그곳에 가방을 던져

놓고 편안하게 발을 뻗었다.

소년 다음으로 버스에 올라탔던 백발노인은 꼴등에 당첨되었는지, 손잡이를 잡고 서서 갔다.

다음 정거장에서 소년과 같은 교복의 학생이 룰렛을 돌리고, 비어 있던 의자 중 하나로 가 앉았다. 그는 소년을 돌아보며 입을 벌렸다.

"와, 1등이야? 좋겠다!"
"부럽지? 헤헤."

둘은 이런저런 수다를 떨다가, 같은 정류장에서 내려 함께 등교했다.

점심시간. 학교 식당으로 향한 소년은 한쪽 벽에 세워진 기계 중 하나에 3천 원을 넣고 모니터 속의 상자를 골라 열었다.

"젠장! 또 꽝이야? 며칠째야, 도대체!"

맨밥과 김 사진이 모니터에 떴다. 소년이 짜증을 내던 그때, 옆에서 함성이 들려왔다.

"우아아아!"

돌아보니, 한 학생의 모니터에 랍스터 정식 사진이 떠 있었다.

가차!

"와, 랍스터! 부럽다!"

랍스터 사진에 자극을 받은 모양인지, 다른 기계 앞에 서 있던 학생들이 연신 재도전을 해댔다. 소년도 잠깐, 천 원을 더 넣고 재도전을 해볼까 고민했지만, 오늘 여자 친구의 생일 선물을 사기로 한 것을 떠올리고는 그냥 맨밥에 김을 받아 왔다.

식판을 든 소년이 친구들이 있는 자리로 가 앉으니, 카레 돈가스를 먹던 녀석이 핀잔을 줬다.

"야, 돈 없어? 밥이 그게 뭐야. 나 같으면 재도전 굴렸다."
"됐어! 어제도 다시 돌렸다가 두 번 연속 김 나왔어. 오늘은 돈 아껴야 해. 어차피 배 속에 들어가면 다 똑같아!"

소년은 당당하게 말하며 맨밥에 김으로 식사를 했지만, 옆 테이블의 랍스터 정식에 시선이 가는 건 어쩔 수 없었다.

방과 후, 소년은 여자 친구의 생일 선물을 사기 위해 시내로 향했다. 미리 봐두었던 인형 가게로 가서 만 원짜리 랜덤 박스를 뽑을 생각이었다. 운이 좋다면 소년의 키보다도 큰 곰 인형을 뽑을 수 있겠지만, 아마 팔뚝만 한 인형 정도가 나올 터였다.

소년은 그것도 나쁘진 않다고 생각했지만, 사실 마음 한편으로는 곰 인형을 은근히 기대하고 있었다.

'곰 인형을 뽑으면 세정이가 정말 좋아하겠지? 아마 신나서 친구들한테 자랑할 거야. 음, 만약에 곰 인형이 나오면 세정이네 집으로 바로 배달해달라고 해야겠다. 내가 들고 가기엔 너무 커서 곰의 발이 땅에 끌릴 거야.'

남들은 몰라도 왠지 자신은 될 것 같은 그런 기대감으로, 소년은 주머니 속 만 원짜리를 만지작거렸다. 얼른 가서 랜덤 박스를 뽑고 싶은 마음뿐이었다. 한데, 시내를 걷던 소년의 발걸음이 예상치 못한 가게 앞에서 멈춰 서고 말았다.

"샤넬이 5천 원이야?"

소년도 아는 유명한 명품 브랜드의 뽑기가 고작 5천 원이라니! 소년은 휘둥그레진 눈으로 얼른 가게에 붙은 전단을 살폈다.

한정판이라는 설명이 붙은 명품 가방이 전단 최상단에 자리하고 있었다. 비록 0.005퍼센트 확률이긴 했지만. 그 아래에도 샤넬 로고가 박힌 고급스러운 제품들이 쭉 늘어서 있었다.

'다른 건 몰라도, 향수 정도는 괜찮은 확률이야. 그것만 뽑아도 이득이지 않나? 그리고 운이 좋아서 가방이라도 뽑게 되면…'

고민하던 소년은 결국, 샤넬 자판기 앞으로 향했다. 만 원짜리를 넣고 모니터 속 랜덤 박스 세 개 중 하나를 고르는데,

"악!"

샤넬 로고가 들어간 종이 쇼핑백에 당첨됐다. 소년이 인상을 찌푸리며 한 번 더 상자를 뽑았다. 하지만 결과는 또 쇼핑백.

"아씨!"

소년은 비상금으로 남겨두었던 5천 원을 가지고 고민했다. 어차피 이 돈으로는 인형 박스를 뽑을 수 없다는 생각에, 곧 그 돈마저 자판기에 투입했다.

"아씨, 진짜!"

울상이 된 소년은, 샤넬 쇼핑백 세 개를 가지고 집으로 돌아가야 했다. 왠지 자신 다음에 도전한 사람은 좋은 걸 뽑았을 것 같았다. 한 번만 더 했다면 향수 정도는 당첨되지 않았을까? 소년은 못내 아쉬웠다.

그나저나 여자 친구 생일 선물은 어쩌지? 집에 가면 엄마에게 손을 벌려봐야겠다고 생각은 했지만, 과연 가능할지.

터벅터벅 힘없는 걸음으로 집에 도착한 소년이 엄마를 찾아봤지만, 엄마는 샤워 중이었다.

"하아…"

한숨을 쉰 소년은, 거실에 앉아 TV를 보며 엄마가 나오기만을 기다렸다.

[긴급 속보입니다! 김남우 장관이 우즈베키스탄과의 FTA 협상에서 대박 조건을 뽑았습니다! 앞으로 한국은 20퍼센트 더 높은 금액으로 수출을 하고, 20퍼센트 더 낮은 금액으로…]

"우즈베키스탄이 어디에 있는 나라야?"

지루한 얼굴로 채널을 돌리는 소년.

[정부에서 큰돈을 들여 차세대 전투기 수입에 도전했지만 2세대 전차에 당첨되고 말았는데요. 사실상 재고 처리라는 논란이 불거지는 가운데 재뽑기를 제안한…]

소년이 마음에 드는 예능이 나올 때까지 채널을 돌리던 그때, 엄마가 샤워를 마치고서 머리에 수건을 두르고 나왔다.

"엄마, 나 만 원만!"
"뭐? 얘가 갑자기 무슨! 안 돼. 돈 없어!"
"아, 여자 친구 생일 선물 사야 한단 말이야!"

가챠!

"뭐? 쪼그만 게 여자 친구는 무슨!"

엄마는 인상을 찌푸리며 소년을 무시하고 지나갔다.

"아, 엄마!"

소년이 엄마의 뒤를 따라다니며 떼를 쓰던 그때, 현관문이 열리며 아빠가 들어왔다. 잔뜩 상기된 표정의 아빠는 들어서자마자 크게 소리쳤다.

"여보! 이번 달 월급 세 배 뽑았어!"
"어머 어머! 정말이야? 정말?"
"그래! 이번 달은 월급이 510만 원이라고!"

순식간에 표정이 환해진 엄마가 만세를 불렀다.

"세상에. 맨날 기본만 뽑던 양반이 웬일이래?"
"나도 할 때는 한다니까! 으하하. 우리 부서에서 나만 뽑은 거야, 이거!"
"아이고, 잘했어! 잘했어!"

한껏 분위기가 좋아진 틈을 타, 소년이 바로 끼어들었다.

"엄마! 그럼 나 만 원만! 웅? 만 원만 빨리… 여자 친구 선물 사야 한단 말이야!"

"아니, 얘가 진짜!"

엄마의 미간이 살짝 좁아졌지만, 아빠가 호탕하게 웃으며 소년의 볼을 꼬집었다.

"여자 친구? 당연히 여자 친구 선물은 사야지! 여보!"

엄마는 조금 못마땅한 얼굴이었지만, 결국 지갑을 열었다.

"너, 오늘 아빠가 월급 잘 뽑아서 주는 거야. 알았지?"

"웅! 고맙습니다! 그 대신에, 저 쇼핑백 엄마 가져!"

"뭐?"

소년은 돈을 받자마자 그대로 현관을 뛰쳐나갔다. 이번엔 반드시 인형을 뽑으러 갈 생각이었지만, 글쎄? 소년이 샤넬 자판기를 그냥 지나칠 수 있을지는 장담할 수 없었다.

엄마는 거실 한구석에 놓여 있는 빈 샤넬 쇼핑백 세 개를 발견하고, 인상을 찌푸렸다.

"저, 저런! 어휴… 누굴 닮아서 저러는지 원."

"누구긴 누구야. 당신 닮았지. 으하하."

가챠!

엄마는, 여전히 싱글벙글인 아빠를 쏘아보다가 투덜댔다.

"당신이 그때 뽑기만 제대로 했어도 말이야! 영재를 뽑았으면 얼마나 좋아? 그러니까 내가 뽑는다고 그렇게 말을 했는데!"
"아이, 그게 말처럼 쉽나. 영재 아이는 10퍼센트 확률인데. 그래도 오늘은 월급 세 배 뽑아 왔으니까 잔소리는 좀 봐줘라."

그러자 엄마가 힐끔 눈을 흘기며 말했다.

"홍! 둘째가 생기면 그땐 내가 뽑을 거야! 난 제대로 뽑을 자신 있어!"

다시 시작

[자살로 죽는 아이들을 구하기 위해서, 아이들에게 다시 시작할 기회를 주겠습니다.]

자신을 마법사라 소개한 소년은, 자살로 죽는 아이들을 구하기 위해서 다시 시작할 기회를 주겠다고 했다.

사람들은 소년이 마법사라는 것은 인정했다. 그렇지 않고서야 전 인류의 눈앞에 홀로그램처럼 나타날 수 없기 때문이다.

그렇다면, 아이들에게 다시 시작할 기회를 주겠다는 건 무슨 뜻일까?

전말을 듣고 나니 정말 경악스러운 이야기가 아닐 수 없었다. 다 큰 아이를 다시 태아로 되돌려, 어머니의 배 속에 집어 넣겠다는 거였다. 당연히 사람들은 반발했다.

"미친 거 아니야? 힘들게 몇 년간 키워놨더니 임신부터 다시 시작하라고? 노산이 얼마나 위험한지는 알아? 애 키우느라 뼈가 다 삭은 엄마들이 어떻게 다시 아이를 낳아! 이 미친 사이코야!"

소년은 고개를 흔들며 말했다.

[그 방법밖에 없습니다. 그렇게 하지 않으면 죽을 아이들입니다. 세상에 나와서 겪었던 힘든 일들은 모두 잊고 다시 시작하게 해줄 겁니다. 아이의 부모들도 두 번째는 더 잘할 수 있을 겁니다. 경험이라는 무기를 가지고 처음부터 다시 시작할 수 있는 기회입니다.]

"아무리 그래도… 이제껏 살아온 시간을 헛수고로 만드는 건!"

소년은 또박또박 되물었다.

[그럼, 그냥 자살하게 놔둡니까? 저는 자살하기 직전의 아이들만 구할 겁니다. 제가 구하지 않으면 그대로 죽을 아이들입니다. 그 아이들이 자살을 선택할 때 당신들은 무엇을 했습니까?]

"그건!"

[자살할 아이들에게 새로운 기회를 주는 게, 무엇이 그리 나쁜 일입니까? 그런 꼴을 보고 싶지 않다면, 애초에 자살할 아이가 없게 만

들던가요.]

  "…"

  사람들은 할 말이 없었다.

  [정 그렇다면, 부모가 거부할 경우에는 아이를 되돌리지 않겠습니다. 물론 아이는 죽겠지만, 부모가 원하지 않는다니까… 그러면 됐습니까?]

  사람들은 더 이상 이의를 제기할 수 없었다. 여전히 일부는 불만을 표했지만, 대부분은 소년의 행동을 구호 활동으로 인정했다.
  소년은 마지막으로 말했다.

  [지금 이 순간에도 아이들이 자살하고 있습니다. 지금부터는 그 아이들을 구할 겁니다.]

  그때부터 소년의 구호 활동이 시작되었다.
  소년은 분신술이라도 쓰는 것처럼, 전 세계 어디든 아이가 자살하는 현장에 모습을 드러냈다. 아이가 옥상에서 뛰어내리면 소년이 허공에 나타나 마법봉을 휘둘렀다. 마법을 맞은 아이는 점점 어려지더니, 결국 작은 점이 되었다. 소년은 그 점을 데리고 부모에게로 찾아갔다.

소년을 맞이한 부모들은 하나같이 이 상황을 믿을 수 없어 했다.

"말도 안 돼! 거짓말! 우리 아이가 무슨 자살을 해?"

그러면 소년은, 아이가 자살한 이유를 알려주었다.

[아이가 왕따를 당하고 있었습니다. 혹시 알고 계셨습니까? 설마, 알고 계시면서도 자살할 정도로 힘든 건 아닐 거라고 생각하셨나요? 안됐군요. 자살할 정도로 힘들었습니다.]

"그런…"

부모들은 이유를 듣고 나면, 아무 말도 할 수 없었다.

[학업 스트레스 때문입니다. 공부만이 인생의 전부라고 강요해왔으니 공부가 싫어지면 인생도 싫어지는 게 당연하지 않습니까?]
[우울증입니다. 그냥 성격이 예민한 게 아니라 질병을 앓고 있었네요.]
[부모님과의 갈등 문제네요. 그렇게까지 할 일은 아니었다고요? 그럼 반대로, 그렇게까지 화낼 일이었을까요?]

"…"

소년은 약속한 대로 부모에게 선택권을 주었고, 부모가 제안을 받아들이자마자 데려온 점을 다시 엄마의 배 속에 넣어주었다. 그러고는 떠나기 전에 꼭 똑같은 충고를 했다.

[이번엔 꼭 잘 키우세요.]

소년의 구호 활동이 시작되자, 사람들은 긍정적인 반응을 보였다.

"자살하는 아이들을 실제로 구하고 있잖아. 좋은 일이야."
"늦은 나이에 다시 아이를 출산하고 키워야 하는 건 좀 불쌍하지만, 그건 어쩔 수 없어. 보호자로서 아이가 자살하게 만든 책임을 지는 거지, 뭐."
"솔직히 정말 굉장한 일이야. 아이의 목숨도 구하고, 게다가 이번에는 부모가 똑같은 실수를 하지 않을 거잖아? 직접 겪어봐야 깨닫는 사람들이 얼마나 많다고."

심각한 사회문제였던 청소년 자살을 막아낸 마법사 소년에게 칭찬이 쏟아졌다. 실제 당사자인 부모들도 소년에게 감사의 마음을 느꼈고, 배 속 아기를 향해 반성의 눈물을 흘리곤 했다.
사람들은 마법사 소년의 행동이 세상을 좋게 바꿨다고 생각했다. 정확히 말하자면, 그건 사실이 아니었지만.

"뭐야? 자살률이 왜 이렇게 늘어났지?"

전 세계 청소년들의 자살률이 폭발적으로 증가했다. 마법사 소년이 등장하기 전과는 비교도 안 될 정도로 엄청난 수치였다. 그제야 사람들은 깨달았다. 하루에도 몇 번씩 자살 생각을 할 정도로 괴로워하는 아이들이 세상에 얼마나 많았는지, 그동안 어쩔 수 없이 참아야만 했던 아이들이 얼마나 많았는지 말이다.

마법사 소년은 바꾼 게 아니라, 드러낸 것이었다.

전 세계적으로 새롭게 임신하는 부모들이 엄청나게 늘어났고, 그 사태를 반성하는 목소리도 점점 커져갔다. '아이를 위해서'라는 말로 포장되었던 민낯이 드러났다.

사람들은 생각했다. 최소한 소년이 등장하기 전보다는 부모라는 존재가 조금 성숙해졌으리라.

하지만 시간이 흐르자, 세상에 끔찍한 소문이 돌기 시작했다. 부모가 자식에게 자살을 권한다는 소문이었다.

"아들, 자살해. 이번엔 우리가 꼭 제대로 키워줄 테니까! 영어 유치원부터 제대로 시작해서…"

정말 어디까지나 소문일 뿐일까?

말더듬이 소년의 꿈

중학생 김남우는 말을 더듬었다.

그로 인해 친구들에게 놀림을 받았고, 급기야 등교를 거부하는 사태까지 벌어졌다. 그 모습을 지켜보는 부모님의 심성은 이루 말할 수 없이 괴로웠다. 아들의 말 더듬는 증상이 본인들 때문에 생겼다고 믿었기 때문이다. 치료차 방문한 병원에서도 그렇게 말했다.

"아드님이 말을 더듬는 이유는 아마도 과도한 영어 조기교육 때문일 확률이 높습니다. 최근 가장 흔한 사례이지요."

처음 그 얘기를 들었을 때 얼마나 놀랐던가? 다 아들 잘되라고 시킨 영어 교육이었는데, 그게 독이 되었을 줄이야.

칭얼대는 아기를 억지로 앉혀놓고 교육을 시켰던 지난날들이 너무나도 후회됐다. 하지만 이 부부는 요령이 없었다. 또다시 아들을 위해서란 이유로 책상 앞에 앉혀놓는 일밖에 못했으니.

"남우야. 이 부분을 소리 내서 읽어봐. 한 자 한 자 또박또박."
"모든 사, 사람은 태, 태어날 때부터…"
"아니, 남우야! 느리게 읽어도 좋으니까 한 자 한 자 또박또박!"
"모든 사람은 태, 태어날 때부터 생명, 자유, 평등, 해, 행복을 누릴 수 이, 있는 권리가."
"다시 다시! 처음부터."
"모, 모든 사람은 태어날…"

김남우의 말더듬증은 쉽게 고쳐질 기미가 보이지 않았고, 그러면 부모는 화를 내다가도 끝내 눈물을 흘리곤 했다.

"엄마가 미안해. 엄마가 우리 남우한테 너무 미안해."

김남우도 이런 자신이 답답해서 울었다. 사춘기여서 더욱 그랬다. 사는 게 싫을 지경이었다. 애들에게 놀림당하는 것도 괴롭고, 어디 가서 입을 여는 것도 두려웠다.
한데 그러던 어느 날, 김남우 인생의 롤모델이 등장했다.
김남우가 길에서 아이들에게 놀림당할 때, 갑자기 TV 속 만화 주인공의 목소리가 들려왔다.

[친구를 놀리다니! 정의롭지 못한 아이들이구나!]

어디선가 들어본 너무나도 익숙한 목소리에 아이들은 깜짝 놀랐다. 목소리의 주인공은 성우 최무정이었다. 그는 애들을 꾸짖어 쫓아 보내고, 남겨진 김남우를 위로했다.

"나도 옛날에는 너처럼 말을 더듬었단다."
"지, 지, 진짜요?"
"그래. 너보다 심했지. 그래도 노력해서 고쳤고, 지금은 이렇게 목소리로 먹고산단다. 너도 노력하면 얼마든지 고칠 수 있으니까 힘내거라."
"저, 정말 노력하면 고, 고, 고칠 수 있어요?"
"그래. 노력하면 다 고칠 수 있단다."

김남우의 눈에 비친 최무정은 우상, 아니 영웅이었다. 그날을 기점으로 김남우의 꿈은 성우가 되었다.

"어, 어, 엄마! 나 서, 서, 성우 학원 보내줘!"
"그래. 남우 네가 거기서 말더듬증을 고칠 수만 있다면 얼마든지 보내줄게."

말더듬이 소년의 꿈

오랜만에 아들의 활기찬 모습을 본 부모님은 김남우를 기꺼이 학원에 보내주었다.

"노, 노력하면 저, 정말 고칠 수 있죠? 저, 저도 서, 성우가 될 수 있죠?"
"그래! 이 세상에 노력으로 안 되는 건 없단다."

김남우는 최무정의 그 말을 믿고 열심히 노력했다.

"자, 남우야. 목에 힘을 빼고, 자신감 있게. 노래를 부르는 것처럼. 응? 해보자!"
"네, 네네!"

김남우도, 부모님도 일말의 기대를 걸었다. 이곳에서는 분명 말더듬증을 고칠 수 있을 것 같았다. 하지만 한 달, 두 달, 세 달. 아무리 노력해도 김남우의 말더듬증은 고쳐지지 않았다. 정말 진심으로 최선을 다했던 김남우는 답답해서 눈물이 나올 지경이었다.

"서, 선생님! 저, 전 정말 노력했는데 왜, 왜 안 되는 거죠?"
"후우…"

김남우를 볼 때마다 한숨만 늘어가던 최무정이 솔직하게 고백했다.

"미안하다. 노력해도 안 되는구나."
"네?"
"세상엔 노력해도 안 되는 일이 존재한단다."
"네, 네?"

김남우는 하늘이 무너지는 듯한 충격을 받았다. 하지만, 최무정에게도 그 나름의 사연이 있었다.

"믿지 않을 것 같아서 그동안 말하지 않았는데, 사실 내가 말더듬증을 고치게 된 건 목소리를 물려받았기 때문이란다."
"네, 네? 모, 목소리를 무, 물려받아요?"
"그래. 돌아가신 두석규 선생님께 물려받았지. 그분이 돌아가시기 직전에 내게 목소리를 주고 가셨단다."

황당한 내용이었지만, 최무정은 진지했다.

"너는 잘 모르겠지만, 성우계에는 '천의 목소리'란 계보가 있단다. 세상에 존재하는 모든 목소리를 낸다고 평가받는 성우 말이다. 1대가 정재준 선생님, 2대가 두석규 선생님, 그리고 3대가 나란다. 재능이나 노력으로 이룬 게 아니라, 목소리를 대대로 물려받아온 거지."

"그, 그, 그런 게…"

"믿기 힘들겠지만 사실이란다. 그리고 이제 나도 은퇴해서 아이들을 가르치는 입장이니만큼, 후계자에게 목소리를 넘겨주어도 좋을 것 같구나. 남우야, 네가 이어주겠니?"

"저, 저, 정말요?"

"그래. 단, 시험에 통과해야만 한다. 할 수 있겠니?"

"그, 그, 그, 그럼요!"

흥분한 김남우는 그 어느 때보다 말을 더듬었다. 자신이 천의 목소리의 후계자가 될 수 있다니, 이 얼마나 가슴 두근거리는 일인가!

곧 최무정은 근엄한 얼굴로 시험에 관해 설명했다.

"지금부터 일주일간 한마디 말도 꺼내지 말아라. 정말로 힘들 테지만, 성공하면 네게 후계자의 자격이 생긴단다. 기회는 단 한 번뿐이야. 할 수 있겠니?"

"하, 하, 할 수 있어요, 흡!"

김남우는 황급히 대답하다 얼른 입을 틀어막고 고개를 끄덕였다. 그 머리를 쓰다듬은 최무정이 곧 눈을 감고 김남우와 두 손을 맞잡았다. 마치 뭔가를 전해주듯 얼마간을 그렇게 조용히 있었다.

집으로 돌아간 김남우는 부모님께 글로 사정을 설명했다. 절대 말을 하지 않겠다고, 이것만은 꼭 해내겠다며 각오를 다졌다.

학교에는 말더듬증의 치료 과정이라고 설명했는데, 김남우의 말더듬증은 이미 유명했기에 모두 사정을 이해했다. 그럼에도 위기는 있었다.

"야! 김나, 나, 나, 남우! 너 치료한다고 말 못 한다며? 그런 걸로 진짜 치료가 돼? 응? 말 좀 해봐. 어?"

"얘들아, 우리 내기할래? 김남우 입에서 먼저 말 나오게 하는 사람이 이기는 거다!"

아이들의 노골적인 괴롭힘에도 김남우는 꾹 참았다. 꼬집힘을 당해도 눈물을 흘릴지언정 절대 입 밖으로 소리를 내뱉지 않았다. 그러다 한번은 폭발한 김남우가 처음으로 의자를 들고 설쳤는데, 이런 뜻밖의 모습이 아이들의 괴롭힘을 잠재우는 성과를 내기도 했다.

집에서는 자신도 모르게 노래를 따라 부를까 봐 TV도 절대 보지 않았다. 김치찌개가 든 냄비를 떨궈서 발에 화상을 입기도 했지만, 기적적으로 소리를 삼켰다. 혹시 잠결에 소리가 새어 나올까 봐 입에 테이프를 감고 자는 생각까지도 해봤다. 김남우는 오직 천의 목소리를 이어받겠다는 일념으로 일주일간 최선을 다했다.

말더듬이 소년의 꿈

드디어 일주일 뒤. 기쁜 얼굴로 찾아온 김남우를 최무정이 심각한 얼굴로 맞이했다.

"정말로 성공했니?"

김남우는 격하게 고개를 끄덕였다.

"정말로 확신하니? 단 한 번도 없었어?"

다시 한 번 격하게 고개를 끄덕이는 김남우. 그러자 웬일인지, 최무정이 깊은 한숨을 내쉬었다. 그러고서 하는 말이…

"정말로 성공할 줄은 몰랐구나. 미안하다."
"네?"
"실은… 다 거짓말이었단다."
"…"
"네가 실패할 줄 알고 거짓말을 했어. 미안하다…"

최무정의 얼굴을 바라보는 김남우의 얼굴이 분노로 부들부들 떨렸다.

"그, 그, 그게 저, 정말이에요?"
"미안하다…"

순식간에 시뻘게진 눈으로 눈물을 흘리던 김남우는, 마구잡이로 악을 쓰다가 학원을 뛰쳐나갔다. 남겨진 최무정은 씁쓸한 얼굴로 문만 바라보았다.

그는 어젯밤의 일을 떠올렸다. 김남우의 부모님이 찾아왔을 때의 일을.

[남우가 잘하고 있다죠? 저는 남우가 해낼 줄 알았습니다. 지금은 제 말을 믿기 힘드시겠지만, 내일이 되면 부모님도 알게 되실 겁니다. 남우는 이제 말더듬증을 완벽하게 고치는 것뿐만 아니라, 천의 목소리를 가진 최고의 성우가 될 겁니다.]

[그것 때문에 왔습니다. 우리 남우는 괜찮으니까 하지 마세요.]

[네? 아니, 그게 무슨… 저기, 제 말을 믿기 힘드신 건 알겠지만, 일단 내일 남우의 말더듬증이 완벽하게 고쳐지는 것을 보시면…]

[아뇨. 우리 남우는 공부해야 해요. 성우 같은 거 하면 안 돼요.]

[…]

최무정은 김남우를 걱정하며 한숨을 내쉬었다. 과연 그 아이의 말더듬증이 쉽게 고쳐질 수 있을까…

말더듬이 소년의 꿈

카운트다운

방송국 주차장에 세워두었던 연예인들의 차가 테러를 당했다.

 보닛 위에 하얀색 래커로 숫자 10을 커다랗게 그려놨는데, 누가 어떻게 한 짓인지 밝혀낼 수가 없었다. CCTV를 뒤져봐도 범인을 찾을 수 없었고, 목격자를 찾으려 해도 워낙 순식간에 일어난 일이라 사건을 제대로 목격한 사람이 없었다. 연예인들의 최고급 차량만 노린 이 미스터리한 사건은 단숨에 화제가 되었다. 어느 예능인은 일부러 숫자를 지우지 않았다. 화제에 편승해 주목받기 위해서였다. 그리고 한 달이 지났을 때, 더 신기한 소식이 전해졌다.

 "숫자가 9로 바뀌었습니다!"

10이었던 숫자가 9로 바뀌었다는 이야기. 역시, 이번에도 누구의 소행인지는 알 수 없었다. 그런데 그 숫자가 다음 달에는 8로 바뀌더니, 그다음 달에는 7로 바뀌는 것이 아닌가. 게다가 놀랍게도, 24시간 촬영 결과 숫자는 사람의 소행이 아니라 저절로 변하는 것으로 밝혀졌다.

"믿을 수 없는 일입니다! 이 카운트다운은 도대체 뭘 의미하는 걸까요?"

주차장에서 테러를 당했던 차량 중 숫자를 지우지 않은 차는 총 세 대. 그 세 대는 방송국에 상주하다시피 하며 흥미로운 방송거리가 되어주었다. 방송국은 과학자들이나 무속인들을 섭외해 차 앞에서 이 신기한 현상에 대해 설명해주는 프로그램을 방송했다. 중간에 관심이 좀 시들해지기도 했지만, 숫자가 1이 되었을 때는 또다시 엄청난 관심이 쏟아졌다.

드디어 숫자가 0이 되기 전날. 방송국은 그 차 세 대를 모아놓고 생방송을 진행했다.

[이제 조금 뒤면 숫자가 0으로 바뀔 텐데요. 과연 무슨 일이 벌어질까요? 그동안의 추리를 종합해보는 시간을 가져보겠습니다. 먼저, 카운트다운이 끝나면 대폭발이 일어날 것이란 의견이 많았는데요. 그래서 저희는 스튜디오에 만반의 준비를 해뒀습니다. 숫자가 0이 되었다가 다시 -1, -2로 계속 이어질 거란 허무한 이야기도 있었는데요. 과

연? 또 로봇으로 변신할 거란 이야기도 참 많았습니다. 〈트랜스포머〉란 말이죠. 하하. 그리고 다른 의견으로는…]

지난 10개월 동안 한 번이라도 이 카운트다운에 관심을 가졌던 사람들은 모두 TV 앞에 모여들었다. 과연 카운트다운이 끝나면 무슨 일이 벌어질까?

드디어 숫자 1이 0으로 변하는 그 순간, 누구도 상상치 못했던 일이 벌어지고 말았다.

"응애~"

[헐?]

세 대의 차가 갓난아기 셋으로 변해버렸다.

[이, 이게 무슨? 아기? 아기입니다! 잠, 잠깐! 빨리 가봐! 빨리 스튜디오로!]

자동차가 아기로 변하다니? 그 누구도 예상치 못한 결과였다. 방송을 지켜보던 사람들 모두 깜짝 놀랐다. 갓난아기들은 곧장 병원으로 이송되었고, 방송국은 검진 결과를 속보를 내보냈다.

[생물학적으로 완벽한 인간, 인간 아기입니다!]

모두가 황당해했지만, 그중에서도 차 주인들이 가장 황당해
했다. 졸지에 아기 보호자가 되게 생긴 것 아닌가?

반면 방송국은 신이 났다. 연일 특종이었다. 당장 차 주인들과
아기의 유전자 검사를 시도했고, 차 주인 중 한 명인 유명 예능
인의 기자회견을 방송하기도 했다.

[저 아이는 제가 책임지기로 했습니다. 하늘이 주신 것으로 생각하
고, 제 아이로 키우겠습니다!]

누구와도 유전자가 일치하지 않았지만, 차 주인이었던 연예
인들 모두 아이를 입양하기로 했다. 사람들은 그들의 결정을 지
지했다. 한데, 또 놀라운 뉴스가 들려왔다.

[어제 오후 8시경, 영동대교를 지나던 차량 중 일부에 또다시 아기
카운트다운이 나타났습니다! 새로운 10의 등장입니다!]

이번엔 다리를 지나던 대략 30대 정도의 일반인들 차량에 숫
자 10이 생겼다.

"뭐야, 그럼 이번에도 카운트다운이 끝나면 아기가 되는 거
야?"

카운트다운

전국적인 관심이 그들에게 쏠렸다. 취재진이 주차된 차들을 찍어 가거나, 차주를 인터뷰하기 위해 밤낮을 가리지 않고 달라 붙었다. 그런데 용기를 낸 누군가 자신의 차에 적힌 숫자를 지워버렸다.

"전 아이를 감당할 수 없어요!"

대학생으로 보이는 학생이었다. 그 소식이 전해지자마자, 전국적으로 수많은 말들이 쏟아졌다.

"뭐야? 숫자를 왜 지워? 그럼 안 되지! 아기는 어떡하고?"
"흠. 열 달 뒤에 아기가 되는 거면, 차도 생명으로 볼 수 있는 건가?"
"야, 타고 다니는 걸 생명이라고 볼 수 있냐? 주유소 가서 기름 넣고, 배기가스를 뿜는 생명도 있냐?"
"생물학적으로 완벽한 인간이라잖아! TV에 나온 그 애기들 셋이 얼마나 귀여운지 못 봤어?"

나머지 차주들은 숫자를 지우는 일에 무척 조심스러워질 수밖에 없었다. 하지만 택시 기사 한 명이 뒤이어 숫자를 지워버렸고, 몇몇 사람들도 숫자를 지웠다. 그럴 때마다 방송국은 그들을 찾아갔다. 대부분은 카메라를 회피했지만, 강인한 인상의 택시 기사는 당당하게 방송에 나섰다.

"그냥 내 차에 낙서가 생겨서 지운 것뿐인데 뭐가 어때서 그
래? 생명은 무슨. 이건 그냥 택시야, 택시! 그럼 나보고 열 달을
기다려서 그 아기를 키우란 말이야? 내 나이가 환갑인데 무슨
개소리를! 게다가 내 택시는 어쩌고? 이게 내 전 재산인데! 당신
들이 보상해줄 거야?"

틀린 말도 아니었다. 윤리적으로 이야기하려 해도 당장 무생
물인 자동차에 생명 운운하기가 애매했다. 하지만 몇 달 뒤 차가
아기로 변하는 것도 명백한 사실이었다.

"아기가 세상에 나올 기회를 없애버린 거잖아! 숫자를 지우는
게 살인이지 뭐야!"
"그놈의 돈! 돈! 생명보다 돈이 더 중요하다는 거야?"
"누구는 불임으로 죽을 것 같은데 말이야, 진짜!"

'숫자를 지우는 건 살인이다'라는 여론과 '자동차의 낙서를
지우는 게 왜 살인이냐'라는 여론이 충돌했다. 뭐라 말하기에 워
낙 애매한 사건이라, 각계의 전문가들도 입장 표명에 난색을 표
했다. 그러던 중에 가장 합리적인 의견이 제시되었다.

[개인이 책임지기에는 사안이 너무 중합니다. 정부 차원에서 처리

합시다. 그들에게 똑같은 차를 지급해주고, 카운트다운이 시작된 차량은 정부가 관리합시다.]

"그러면 되겠네!"
"좋은 생각이네!"
"그래, 그거 좋다!"

가장 합당해 보이는 의견이었다. 한데,

[긴급 속보입니다! 또다시 아기 카운트다운이 생겨났습니다! 그런데 이번엔 차가 아니라, 건물입니다!]

강남 중심가의 빌딩들 벽면에 숫자 10이 커다랗게 생겨났다.

"설마 저 건물이 아기가 되는 거야?"

빌딩이라니. 이건 더더욱 간단한 문제가 아니었다. 수백 억짜리 건물이 열 달 뒤엔 아기가 된다니!

"그럼 이것도 정부에서 금액을 보상해주고 아기로 변하게 놔둬야 하는 거야? 저 수십 채의 강남 빌딩을?"

차의 경우와는 달랐다. 이 경우에는 숫자를 지우는 게 옳다는

135

의견이 많았다. 바로 카운트다운을 지우는 빌딩이 나타나도 비난의 수위는 약했다. 물론 몇몇 사람들은 이해할 수 없다는 듯 이렇게 말했다.

"도대체 차랑 건물이랑 뭐가 다른 거야? 차는 숫자를 유지해야 하고, 건물은 지워야 한다고? 그건 결국 생명에 값을 매기겠다는 말 아니야?"

사람들은 혼란스러웠다. 이런 극단적인 논리가 아니라, 유연한 규칙이 필요하다고 생각하는 사람들도 많았다. 아무튼, 이 일을 기점으로 어느 시민 단체의 시위가 시작됐다.

"자동차가 아닙니다! 건물이 아닙니다! 소중한 생명입니다!"
"숫자를 지우는 건 갓난아기를 죽이는 살인입니다!"

그들의 시위는 한순간에 집중 조명을 받게 되었는데, 시위 도중에 일어난 기막힌 사건 때문이었다.

[긴급 속보입니다! 아기 카운트다운 문제로 시위 중이던 사람들의 스마트폰에 숫자가 생겨났습니다! 최소 50대의 스마트폰에 숫자가 생긴 것으로 밝혀진 가운데…]

시위에 나선 사람들은 옳다구나, 스마트폰의 숫자 10을 들어

보이며 주장했다.

"저희는 절대 이 숫자를 지우지 않을 겁니다! 이 생명을 열 달
간 지킬 겁니다!"
"이런 사건이 일어난 이유가 뭐겠습니까? 저희 주장이 옳다
는 증거 아니겠습니까?"

일단 주목받는 데 성공한 그들의 주장은 시간이 흐를수록 널
리 퍼졌다. 규모가 커진 시위대는 아직 숫자를 지우지 않은 강남
건물 앞에서 시위하거나, 차들을 쫓아다니며 숫자를 지우지 못
하게 막았다. 몰래 숫자를 지운 차에 테러를 가하기도 했고, 행
여나 숫자를 지우려는 시도만 해도 엄청난 비난을 쏟아부었다.

"이 살인자야! 숫자를 지우는 건 갓난아기를 죽이는 거라고!"
"어떻게 생명보다 차를 우선할 수가 있지? 인격적으로 문제
있는 것 아니에요?"

숫자 주인들은 어떻게 해야 할지 알 수 없었다. 숫자를 지우
자니 엄청난 비난을 받을까 봐 겁났고, 안 지우자니 피해가 너무
컸다. 정부가 명확한 구제책이라도 내놓으면 좋으련만, 당장은
어떠한 대책도 없어 이러지도 저러지도 못하는 상황이었다.
그러는 사이 분위기는 점점 숫자를 지우지 말아야 한다는 쪽
으로 흘러갔다. 강남의 어떤 건물주는 건물을 포기하는 한이 있

어도 절대 숫자를 지우지 않겠다고 선언해서 환호를 들었고, 어느 부자는 숫자가 생긴 차 세 대를 자비로 매입하며 박수를 받았다. 첫 사건 때 아기를 입양한 연예인이 시위 현장에 나와서 사람들을 독려하기도 했고, 아기와 함께 방송 출연을 하여 여론을 조성하기도 했다.

한 달 뒤. 이제는 숫자를 지우면 안 된다는 의견이 대부분이었다. 그러니까 지금 당장은 기계와 건물일지라도 열 달 뒤에는 갓난아기니까 생명으로 인정해줘야 한다는 말이었다.

하지만.

[긴급 속보입니다! 성수사거리 근방을 지나던 차량 10여 대에 아기 카운트다운이 생겼습니다!]

"숫자를 지우는 건 살인이다!"

하지만.

[속보입니다! 여의도의 빌딩들에 아기 카운트다운이 생겼습니다!]

"숫자를 지우는 건 살인이다!"

하지만.

[긴급, 긴급 속보입니다! 전국 곳곳에서 아기 카운트다운이 동시다발적으로 생겨나고 있습니다! 벌써 수천 건이 보고되었는데요. 그 대상도 너무 다양합니다! 의자, 노트북, 숟가락, 리모컨, 책장, 냉장고…]

"…"

전국적으로 수백만 건의 아기 카운트다운이 나타났다. 그리고 시위대는 조용히 해산했다.

인간을 파시오

[인간을 파시오.]

난데없이 나타난 외계인의 요구는 인류를 분노케 했다. 비록 인류의 기술력이 외계인에 비하진 못할지라도 인간의 존엄성까지 버릴 생각은 없었다.

실망한 외계인은 지구에 바이러스를 심고 떠났다. 이윽고 지구는,

"이럴 수가! 온통 여덟 쌍둥이, 아홉 쌍둥이뿐입니다!"

한 번 출산을 할 때 낳는 아이의 수가 평균 8~9명으로 늘어나 버렸다. 보통 한 명씩 낳던 특성이 사라진 것이었다. 지구의 인구는 기하급수적으로 늘어났고, 자연스럽게 식량 부족 사태

가 벌어졌다.

그렇게 100년의 세월이 흐른 뒤, 외계인이 다시 나타났다.

[인간을 파시오.]

지구의 공간이 모자랄 정도로 인간이 넘쳐흘렀지만, 인류는 외계인의 제안을 거절했다. 굶어 죽는 한이 있어도 인간의 존엄성을 지키고 싶었다.

실망한 외계인은 지구에 바이러스를 심고 떠났다. 이윽고 지구에는,

"이건 도저히 인간이 살 수 있는 온도가 아닙니다!"

때 아닌 빙하기가 도래했다. 인간 대부분이 멸종했고, 소수의 인간만이 살아남아 명맥을 이어갔다.

그렇게 100년이 흐른 뒤, 외계인이 다시 나타났다.

[인간을 파시오.]

외계인은 따스한 햇볕이 내리쬐고 푸르른 숲, 먹을 것이 넘쳐흐르는 자신의 별을 보여주었다. 그러나 살아남은 인간들은 외계인의 제안을 거절했다. 소수만 남은 인간의 존엄성은 오히려 더 높아져 있었고, 한 명 한 명이 모두 소중하여 어느 누구도 팔

수 없었다.

실망한 외계인은 지구의 환경을 원래대로 돌려놓았다. 그리고 이번에는 절반의 인간에게만 초능력을 주고 떠났다. 이윽고 지구의 인간은 초능력을 사용할 줄 아는 인간과 못 하는 인간으로 나뉘게 되었다.

"하늘을 날 수 있다!"
"손을 대지 않고도 물건을 옮길 수 있어!"

다시 번성을 시작한 인류는 초능력을 기준으로 계급을 나눴고, 그에 따른 차별을 인정했다. 그렇게 100년이 흐른 뒤, 외계인이 다시 나타났다.

[인간을 파시오.]

이번에는 인간들의 반응이 달랐다. 외계인에게 물어보았던 것이다.

"그 대가로 무엇을 줄 거요?"

외계인은 대답했다.

[영원한 젊음.]

뜻밖의 말에 사람들은 놀랐다. 불로불사는 시대를 막론하고 인간의 영원한 꿈이었다. 사람들은 좀 더 자세히 물었고, 한 인간을 팔면 한 인간이 젊음을 얻을 수 있다는 사실을 알게 되었다. 곧, 사람들은 회의에 들어갔다. 물론 초능력 계급의 사람들이 말이다.

처음에는 상류층에게만 기회를 줄 작정이었다. 팔아도 될 만한 보통 인간들을 몇 명 넘기고서, 그 대가가 진짜인지 정치인과 기업인을 중심으로 일단 테스트해보자는 식이었다. 그러자 중하위층 초능력자들이 이는 명백한 차별이라며 들고일어났다. 그들은 광장에 모여 차별 반대 시위를 했다.

"왜 있는 자들에게만 혜택을 주려 하는가!"
"모두에게 공평한 혜택이 돌아가게 하라! 평등한 기회를 달라!"

그들의 요구는 이랬다.

"그럴 거면 차라리 전부 팝시다! 100년 전부터 우리 인류는 초능력자와 보통 인간으로 정확히 반씩 나뉘어 있지 않습니까? 보통 인간들을 팔아넘기면 모두가 평등하게 불로불사 혜택을 받을 수 있습니다!"

대규모 차별 반대 시위는 효과가 있었다. 초능력 인간들은 외계인에게 보통 인간 모두를 팔겠다고 선언했다. 그러자,

"오오오오!"

나이 많던 이들이 20대의 전성기 시절로 돌아갔다.

사람들은 환호했다. 완전히 축제 분위기였다. 지구 인류의 절반이 사라지는 일에는 아무도 신경 쓰지 않았다.

외계인은 사들인 보통 인간들을 데리고 지구를 떠났다.

그리고, 남겨진 불로불사의 인간들은 어마어마한 사실을 깨닫게 되었다.

"초, 초능력이 안 돼··· 내 초능력이···"

정확히, 절반의 초능력자들이 초능력을 잃었다. 지난 100년간 그랬던 것처럼.

"···"

100년이 지났다.

[인간을 파시오.]

영혼 인간

"이런 빌어먹을 외계인! 사용법은 알려주고 갔어야 할 거 아냐!"

공 박사는 미치기 일보 직전이었다. 모든 게 저놈의 '영혼의 구' 때문이었다. 빌어먹을 외계인이 인류에게 주고 간 선물 말이다.

5년 전, 한 외계인이 지구로 관광을 하러 왔다. 통일 인류는 언제나 그랬듯 외계인을 극진히 대접해주었고, 만족스럽게 지구 관광을 끝낸 외계인은 선물을 하나 줄 테니 원하는 게 있으면 말해보라고 했다. 인류는 조심스럽게 대체에너지 이야기를 꺼냈다. 점점 고갈되어가는 화석연료보다 좀 더 고차원적인 에너지원이 지구에 있는지를 물었다.

외계인의 대답은 "그렇다"였다. 그가 말한 에너지원은 바로

'영혼 에너지'였다. 육체가 육체력을 쓰듯, 영혼으로 영혼력을 사용할 수 있다는 설명이었다. 외계인은 지구를 떠나기 전, 인류에게 한 가지 선물을 두고 갔다.

영혼의 구. 이음새 없이 정교하게 원형을 이루고 있는 금속 재질의 물체였다.

이 구가 지닌 능력은 외계인이 지구를 떠날 때 알 수 있었다. 외계인이 영혼의 구를 향해 손을 뻗자, 그의 등 뒤로 우윳빛 영혼이 형상화되었다. 곧 그 영혼이 외계인의 우주선에 흡수되었고, 잠들어 있던 우주선에 전원이 들어왔다.

"오오오!"

그 에너지원의 위력은 외계인과 우주선 사이에 있던 사람들의 핸드폰으로도 알 수 있었다. 단지 그 사이에 있었을 뿐인데 모두의 핸드폰 배터리가 100퍼센트까지 충전되었던 것이다.

사람들은 이 영혼 에너지에 감탄했다. 한데, 외계인이 그대로 지구를 떠나버리는 바람에 인류는 영혼의 구의 정확한 사용법을 알아내질 못했다.

인류는 두 가지 숙제를 풀어야 했다. 영혼의 구를 이용해 영혼을 형상화하는 방법과, 형상화된 영혼을 에너지화하는 방법.

그러나 5년이 지나도록 인류는 첫 번째 숙제도 풀지 못하고 있었다. 그 어떤 방법을 쓰든 영혼의 구는 조금도 반응하지 않았다.

영혼 인간

:

"아, 썅! 이 빌어먹을 외계인 새끼! 이딴 건 왜 두고 가가지고! 아오, 썅!"

　처음 영혼의 구 프로젝트 책임자로 뽑혔을 때 공 박사는 정말로 기뻤다. 전 인류를 통틀어 최고의 천재로 인정받은 느낌이었다. 하지만 5년이 지난 지금은? 미쳐버리기 직전이었다. 어쩌면, 벌써 미쳤을지도 모른다. 공 박사가 그동안 얼마나 많은 실험을 해봤던가?

　영혼의 구를 붙잡고 할 수 있는 시도는 몽땅 해봤다. 마음속으로 빌기, 친구처럼 대하기, 무념무상 등등.

　물론 만져도 보고, 밟아도 보고, 쓰다듬어도 보고, 때려도 보고, 핥아도 보고, 미친 척하고 발가벗고서 영혼의 구를 껴안아도 봤다. 빛을 쬐이거나 물을 뿌려보거나, 뜨겁게 달궈보거나, 전기, 자기장, 진공, 음파, 폭탄을 사용해보거나…

　혹, 다루는 이의 영혼이 순수해야 하는 건가 싶어서 갓난아기부터 종교인, 수행자, 사고로 지적장애를 얻은 사람까지 동원해봤다.

　모두 실패였다. 영혼의 구를 1나노미터 단위까지 정밀히 관찰하며 분석했지만, 작은 실마리조차 얻어내질 못했다. 절망적이었다. 연구를 하더라도 뭔가 방향성이 있어야 계속할 텐데, 이건 아무것도 없으니. 사실상 연구소의 대부분이 포기한 상태였다.

그렇게 5년이 흘렀다. 총책임자인 공 박사가 미쳤다는 소문이 돌기 시작한 것도 그때쯤이었다.

"바, 박사님! 이건 정말 아닌 것 같은데요? 아무리 그래도 소변이라니!"

"비켜! 영혼의 구가 오줌에 반응할 수도 있잖아. 저리 비켜봐!"

공 박사는 바지춤을 풀며 영혼의 구로 향했다. 모두가 만류했지만 그의 행동은 거침없었다.

쏴아아아아.

"으악!"

영혼의 구 위로 공 박사의 소변이 쏟아졌다. 역시, 예상했던 대로 아무런 반응도 없었다. 주변 연구원들이 눈살을 찌푸렸다. 그러나 공 박사는 늘 하던 대로 이 말만 반복할 뿐이었다.

"그렇지, 안 되지? 내가 안 될 줄 알았어. 빌어먹을 외계인 새끼는 이딴 걸 왜 두고 가가지고! 카아아아악, 퉤!"

이번엔 영혼의 구를 향해 가래침을 거하게 뱉은 공 박사. 혹시나 했는지 잠깐 반응을 기다리다가 그냥 뒤돌아 연구실을 나가버렸다. 남겨진 연구원들의 얼굴이 짜증으로 뒤덮였다. 연구소의 모두가 같은 생각을 하고 있었다. 공 박사가 확실히 미쳐가고 있다고.

:

영혼의 구에 인분을 묻혀본 이후 며칠간은 얼씬도 하지 않던 공 박사가 다시 영혼의 구 앞에 나타났다. 연구원들은 공 박사를 보자마자 머리가 아파왔다. 이번에는 또 어떤 미친 짓을 하려고 나타난 건지 걱정되었기 때문이다.

"새끼들아, 하루 종일 보고 있어봐야 뭐 나오냐? 헛짓들 하기는."

연구원들이 눈살을 찌푸리거나 말거나, 곧장 영혼의 구로 향하는 공 박사. 그의 손에 과도가 들려 있었다. 뒤늦게 과도를 발견한 연구원들이 불안한 마음에 그에게 다가갔지만, 공 박사는 신경도 안 썼다.

"이번엔 방금 뽑은 피에 반응하나 실험해보자고."
"앗, 박사님!"

말릴 새도 없이, 공 박사가 과도로 자신의 팔을 그어 피를 흘려보냈다. 영혼의 구 위로 꽤나 많은 피가 흐르는데도, 공 박사는 인상 한번 쓰지 않았다. 연구원들은 그 모습을 보고 등골이 서늘해졌다.

"그렇지, 안 되지? 내가 안 될 줄 알았어. 아, 쌍. 빌어먹을!"

공 박사는 휴지로 상처를 대충 틀어막고 연구실을 빠져나갔다. 연구원들은 불안한 눈빛으로 그의 뒷모습을 오래 지켜보았다.

:
:

"그러니까! 연구를 위해서 사형수 한 명만 지원해달라 이 말입니다!"

[음… 아무리 그래도 그것은 조심스럽게 생각해봐야 할 문제라…]

"조심스럽게는 개뿔! 몇 번을 말해야 알아들을 겁니까!"

공 박사는 전화기 너머의 상대가 너무나 답답했다. 같은 말을 몇 번이나 하게 만드는 건지.

영혼 인간

"영혼의 구가 뭡니까? 영혼을 형상화하는 물건 아닙니까! 그러니까, 사람이 죽을 때 빠져나가는 영혼에 반응하는지 안 하는지를 확인해보자 이 말 아닙니까!"

[그래도… 실험에 사람의 목숨을 이용한다는 얘기가 퍼지면…]

"아, 퍼지라지! 퍼지든 말든, 가능성 있는 시도를 해보는 게 중요하지! 이런 시도도 안 하면 뭘 하겠다고? 5년 동안 알아낸 게 하나도 없는데 10년, 20년 동안 쳐다만 본다고 뭐 달라지겠습니까?"

[끄응… 알겠습니다. 한번 말해보겠습니다.]

"좋은 소식 주십쇼, 제발! 현재 유일한 가능성입니다, 그게!"

전화를 끊은 공 박사의 두 눈이 차갑게 가라앉았다.

. . .

"뭐, 뭐야? 어디로 끌고 가는 거야, 이 새끼들아!"

얼굴에 헝겊이 씌워진, 몸을 속박당한 사형수가 중앙 연구실로 끌려오고 있었다. 연구소의 연구원들은 긴장한 채로 멀찍이 떨어져서 그 모습을 지켜봤다. 오직 한 사람, 공 박사만이 영혼의 구에 바싹 붙어서 사형수가 오기만을 기다렸다.

사형수를 끌고 와 무릎 꿇린 제복 차림의 사내들이 공 박사를 물끄러미 쳐다보았다. 곧 공 박사가 고개를 끄덕거리자, 사내들이 사형수 얼굴에서 헝겊을 벗겨냈다.

"이, 이 새끼들아! 여기가 어디냐고! 여기가 어디, 으, 응? 뭐, 뭐야! 너희 누구야! 여기 어디냐고!"

"안녕하십니까, 실험자 님. 저는 영혼의 구 프로젝트를 책임지고 있는 공 박사라 합니다. 자발적으로 지원을 하셨다고 들었습니다만…"

"뭐? 무슨…"

"분명 가족에게 보상금을 남기시는 조건으로."

"아! 아… 아…"

사형수의 얼굴이 시시각각으로 변했다. 아까부터 불안했던 생각이 확신으로 변한 모양이었다. 공포가 서린 얼굴로 말을 잃은 사형수를 향해, 공 박사가 사무적으로 설명했다.

"이 앞에 영혼의 구가 보이시죠? 이 구를 손으로 잡고 똑바로 바라봐주십시오. 이왕이면 머릿속으로 뭐랄까, 바라는 마음? 영혼을 형상화하겠다는 마음? 그런 마음을 가지셨으면 좋겠습니다."

영혼 인간

"…"

"아마 아픔을 느낄 새도 없을 겁니다. 주삿바늘이 따끔하게 찌르자마자 끝나버릴 테니까요."

"아."

사형수가 마음의 준비를 하는 데는 시간이 좀 걸렸다. 겨우 영혼의 구를 잡았을 때는, 눈을 감고 벌벌 떨고 있었다. 주변 연구원들의 고개가 절로 돌아갔다. 공 박사만이 불만스러운 얼굴로 사형수를 쳐다볼 뿐이었다.

"눈을 뜨고 바라봐주셨으면 좋겠는데… 흠. 뭐, 됐습니다. 그 대신 마음속으로 에너지를 간절하게 바라주십시오. 그럼 집행하겠습니다."

공 박사가 제복 사내들을 바라보며 고개를 끄덕이자, 한 사내가 준비한 주사기로 거침없이 사형수의 목덜미에 주사했다.

"컥!"

눈을 부릅뜨며 죽어가는 사형수. 한데 그 순간!

윙!

"엇!"

"저, 저!"

영혼의 구가 반응했다. 곧, 사형수의 등 뒤로 우윳빛 영혼체가 형상화되는데!

"아…"

단 1초도 지속되지 못하고, 사형수의 죽음과 함께 형상화된 영혼이 흔적도 없이 사라져버렸다. 공 박사의 몸이 부들부들 떨려왔다.

"이, 이거였어! 이거였다고! 드디어 찾아냈어! 드디어 실마리를 찾았다고!"

공 박사가 희열에 차 소리를 지르자 그 모습을 지켜보던 사람들은 왠지 모를 두려움을 느꼈다.

．
．
．

공 박사의 적극적인 요청에 의해, 다시 사형수 한 명이 연구소로 이송되었다. 하지만 공 박사는 실망을 금치 못했다. 똑같이 사형수를 영혼의 구 옆에서 죽였지만, 이번에는 아무런 반응도

영혼 인간

이끌어내지 못했기 때문이다.

"이번엔 열 명을 보내주십시오. 아니, 최대한 많을수록 좋겠습니다."

[아무리 그래도 그런 식으로는 좀…]

"5년이 넘도록 별별 방법을 다 써봤지만 아무런 반응도 없었던 거 아시지 않습니까! 이번이 첫 반응이었습니다! 분명 상관관계가 있습니다!"

[하지만 여론이 좋지 않습니다. 벌써 소문이 다 퍼지고 있단 말입니다.]

"인류를 위해서입니다! 인류를 위해서! 어차피 사형당할 사람들인데 인류를 위해 희생할 수 있다면 그들에게도 좋은 거 아닙니까? 아무튼 최대한 빨리 보내주십시오. 최대한 빠르게, 최대한 많이."

[끄응…]

공 박사는 사형수들의 목숨을 이용해 많은 실험을 했다. 죽이는 방법을 달리해보기도 하고, 경고 없이 죽이기도 하고, 서서히 죽여도 보고, 죽이는 척만 반복해보기도 했다. 그러나 모두 성과를 보지 못했다.

그러자, 반짝 활발함을 되찾았던 연구소 내부에서 반대의 목소리가 터지기 시작했다. 사람들의 목숨이 가치 없이 꺼져가는 모습을 매일같이 지켜봐야 하는 심정이 오죽했겠는가?

여론의 반대 폭풍 역시 엄청났다. 프로젝트 팀은 여론의 물매를 맞아야 했고, 연구소 앞에 시위대가 몰려오기도 했다.

공 박사는 분노했다.

"이 멍청한 것들이! 다 인류를 위한 일이건만!"

하지만 공 박사를 제외한 어느 누구도 이 사형수 실험에 찬성하지 않았다. 정부에서도 사형수 지원을 끊어버렸다.

그리고 당연한 수순으로, 여론을 잠재우기 위해 공 박사의 해임이 결정되었다.

.
.
.

딸깍!

아무도 없는 중앙 연구실의 새벽. 내일이면 연구소를 떠나야 할 공 박사가 카메라를 켰다.

"멍청한 놈들! 영혼의 구가 작동하려면 이 방법밖에 없다니까!"

공 박사가 장치한 카메라를 통해 인터넷 방송이 전 세계로 중계되기 시작했다. 잠시 뒤, 수척하고 퀭한 얼굴의 공 박사가 카메라를 똑바로 쳐다보며 설명했다.

"그동안 사형수들이 실패했던 이유는, 모두 죽음의 공포에 떠느라 머릿속을 텅텅 비워놨기 때문이야! 마음으로 영혼의 형상화를 간절히 바랐어야지! 망할 놈들!"

공 박사는 준비해 온 가방에서 주사기를 꺼냈다.

"모두 잘 보라고! 내 영혼이 어떻게 형상화되는지! 앞으로 이 영혼의 구를 어떻게 연구해야 될지를 잘 보고 깨달으라고!"

공 박사는 뒤돌아 영혼의 구를 손으로 붙잡았다. 그러고는 스스로의 몸에 주사를 하기 전, 마지막으로 중얼거렸다.

"내 방법이 맞아… 난 틀리지 않았어… 증명해주지…"

퀭하게 들어간 공 박사의 눈이 안에서부터 빛나더니, 곧 주사기를 꽂고 피스톤을 눌렀다.

"컥!"

서둘러 양손으로 영혼의 구를 붙잡고, 부릅뜬 눈으로 구를 노려보는 공 박사!

"난… 난 틀리지… 난… 틀리… 틀리…"

영혼의 구는 아무런 반응도 없었다.
공 박사의 몸이 천천히 허물어졌다. 곧 미동 없는 공 박사의 모습이 전 세계로 생중계되었다.

⋮

순식간에 퍼진 소문을 듣고 방송에 접속한 사람들은 의외의 상황에 깜짝 놀랐다. 공 박사의 죽음 때문이 아니었다. 외계인이 다시 찾아온 것이다.
외계인은 중앙 연구실에 나타나, 영혼의 구와 그 위로 포개진 공 박사를 내려다보고 있었다. 곧장 연구원들이 중앙 연구실로 몰려들었고, 연구원 중 누군가가 용기 내어 나섰다.

"도대체 영혼의 구는 어떻게 사용하는 겁니까?"

[…]

영혼 인간

그를 돌아보는 외계인. 검게 선명하던 커다란 눈이 회색빛으로 변하며 일렁거렸다. 연구원은 움찔했지만, 이를 악물고 다시 한 번 물었다.

"저희는 모든 방법을 동원해봤습니다! 한데 전혀! 전혀 사용법을 알아내질 못했습니다! 제발 알려주십시오!"

연구원을 바라보던 외계인의 눈이 다시 선명한 검은색으로 돌아온 순간, 그의 입에서 지구의 언어가 나왔다.

[사용법은 간단하다. 그냥 바라면 된다.]

연구원들은 잠시 놀랐지만, 곧 도통 이해할 수 없다는 표정으로 외계인을 바라봤다. 그냥 바라면 된다고? 그냥?
그동안 쌓였던 분이 터졌는지, 연구원들은 무서움도 잊고 앞장서 소리쳐댔다.

"그냥 바라면 된다니, 그게 무슨 소립니까!"
"그동안 저희가 안 해봤을 것 같습니까? 혹, 외계인의 언어 같은 게 따로 있는 겁니까? 저희는 정말 모든 시도를 다 해봤습니다!"
"바란다는 게 정확히 어떤 의미입니까?"

비통에 가까운 연구원들의 외침에, 외계인은 무심히 연구원들을 쭉 둘러보다가 한마디를 툭 던졌다.

[너희는 왜?]

알 수 없는 말에 연구원들이 인상을 쓰고 있는데, 이어진 외계인의 말이 그들을 충격에 빠뜨렸다.

[설마, 모든 인간이 영혼을 가지고 있을 거라 생각했나? 너희는 영혼이 없지 않나.]

"…"

순간, 연구원들의 표정이 멍해졌다. 개중 가장 먼저 정신을 차린 한 명이 덜덜 떨며 물었다.

"무슨 말이야? 여, 영혼이 없다고? 내가? 그럼 나는 뭔데? 나는 뭐란 말이야?"

외계인은 친절히도, 질문에 꼬박꼬박 대답해줬다.

[유기물 집합체.]

．
．
．

보너스 트랙 : 영혼의 차이

외계인 사건의 후폭풍은 대단했다.

영혼이 없을 수도 있다는 사실은 인류를 충격에 빠트렸다. 심지어 영혼 따위는 없다고 믿었던 이들마저도.

더욱더 충격적이었던 점은, 외계인이 알려준 바에 따르면 영혼을 가진 사람들은 고작 10퍼센트에 불과하다는 것이었다. 나머지 90퍼센트는 유기물 집합체, 속된 말로 한낱 '고깃덩어리'일 뿐이었다니. 대다수 인류는 대혼란에 빠졌다.

영혼을 가진 10퍼센트는 어떤 특정 부류가 아니었다. 선한 사람이 있는가 하면 흉악한 범죄자도 있었다. 종교인도 있었고 무신론자도 있었다. 성공한 사람도 노숙자도 있었다. 영혼의 유무는 사회적 기준과는 상관없었다. 그들의 공통점이라고는 한 가지, 나머지 인류에게 부러움과 질투를 받는다는 것뿐이었다.

영혼이 있는 자들을 보며 대다수 유기물 집합체들은 극심한 자괴감을 느꼈다. 스스로 목숨을 끊는 이들도 있었지만, 대부분은 죽고 싶은 마음도 들지 않았다. 죽음 이후에 아무것도 없단 사실이 그들을 더욱 절망케 했기 때문이다. 죽어서도 영혼이 있는 자들만 천국이나 저승을 갈 테니까.

영혼을 증명한 사람들은 일종의 '특권 의식'을 느꼈다. 주변에서도 다르게 보았고, 스스로도 자존감이 엄청나게 올랐다. 그들의 행동에는 모두 영혼 프리미엄이란 게 붙었다. 음반을 발매해도 '영혼이 있는 가수가 낸 음반'이 되었고, 책을 써도 '영혼이 있는 작가가 쓴 글'이 되었으며, 요리를 해 내놔도 '영혼이 있는 사람이 만든 요리'가 되었다.

점차 그들은 그들끼리 뭉치기 시작했다. 친구를 사귀는 것부터 연애까지, 영혼이 있는 이들끼리만 만났다. 만약 영혼 있는 자가 영혼 없는 자와 연애를 한다면? 그 연애 자체에 '내가 널 만나 주는 것'이란 한쪽의 우월감이 자리하는 것은 물론, 상대도 이를 고맙게 여겼다.

마치 영혼 있는 그들은 이 세상의 주인공, 나머지 사람들은 모두 엑스트라가 된 듯했다. 하지만 그 시기는 길지 않았다.

영혼이 없는 대다수의 유기물 집합체들은 곧 정신을 차리기 시작했다. 영혼 있는 자들을 바라보던 선망의 시선도 대부분 질투와 시기로 바뀌어갔다. 비록 영혼이 없을지언정, 그들의 장점은 명확했다. 절대다수!

절대다수의 인류는 영혼 있는 이들을 압박했다. 명분은 고차원 영혼 에너지. 영혼의 구를 이용한 에너지원 연구를 해야 하니까, 강제로 협조하란 것이었다.

실제로 영혼이 있는 이들은 너무나도 간단히 영혼을 형상화할 수 있었다. 한데, 형상화된 영혼을 에너지원으로 바꾸는 방법을 몰랐다. 그래도 실마리가 잡힌 이상, 나머지는 시간문제였다. 인류는 연구를 거듭한 끝에 곧 형상화된 영혼을 에너지로 담아내는 방법을 알아냈다.

그 방법은 외계인의 방법과는 조금 달랐다.

우윳빛으로 형상화된 영혼 그 자체를 쓰는 것이 아니라, 대상자가 분노하거나 괴로워할 때 영혼이 붉은빛으로 변하며 배출하는 강렬한 에너지를 쓰는 것이었다.

절대다수의 인류는 에너지를 얻기 위해 영혼 있는 자들을 화나게 만들었다. 괴롭게 만들었다. 물론, 같은 인간을 노예처럼 부릴 순 없었다. 그저 인류법 하나를 통과시켰을 뿐이다.

[영혼이 있는 자들은 영혼 에너지를 제공하는 것 이외의 다른 직업을 절대 가질 수 없다!]

당연히 영혼 있는 자들은 극구 반대했지만, 다수를 이길 순 없었다. 영혼이 없어도 법안에 찬성표는 던질 수 있었으니까. 영혼이 있다는 이유만으로 특권을 누렸던 그들은, 한순간에 인간 에너지로 전락해버리고 말았다. 그들은 아무리 원해도 가수가 될 수 없었고, 요리사가 될 수 없었고, 선생님이 될 수 없었다. 오직 하나, 영혼을 형상화해 에너지를 제공하는 일밖에는.

이 지구에서 영혼은 족쇄와도 같았다. 영혼을 가지고 있다는 이유만으로 족쇄를 차고 살 수밖에 없었다. 그들이 원하든 원하지 않았든.

영혼이 곧, 죄였다.

양심 고백

[양심 고백 합니다. 우리 회사의 스마트폰은 기계의 수명을 2년에 맞춰놓았습니다. 그래야 새로운 제품을 계속 팔 수 있기 때문입니다.]

유명 스마트폰 회사의 직원이 양심 고백을 하고 나섰다. 회사는 당연히 전면 부정했지만, 양심 고백자가 내놓은 자료는 상당히 신빙성이 있었다.

사람들은 혀를 차며 욕했다.

"내 그럴 줄 알았지!"
"어쩐지 핸드폰이 빨리 망가지더라니!"
"뭐, 다 아는 사실 아니었어? 대기업들 하는 짓이야 뻔하지."

회사의 주가가 흔들릴 만큼 큰 사건이었다. 아마 그 직원에게도 피해가 갔을 것이다.

진실을 알게 되어 다행이긴 했지만, 사람들은 그 직원이 나서서 양심 고백을 한 데 의문을 품었다. 왜 그랬을까? 아마 개인적인 사정이 있었을 것이다. 남들은 이해할 수 없는.

한데, 이 사건의 여파가 사라지기도 전에 또 다른 양심 고백자가 나타났다.

[양심 고백 합니다. 우리 회사의 라면 한 개 분량은 1인분이 아닙니다. 1인분이라 적혀 있지만, 사실은 정량보다 모자랍니다. 일부러 그렇게 만들었습니다. 그래야 사람들이 두 봉지를 뜯을 테니까요.]

라면 회사는 사실이 아니라고 부정했지만, 사람들은 양심 고백자의 말을 더 믿었다.

"어쩐지! 맨날 하나론 부족하다고 했어."
"그럼 1인분이 아니라 0.8인분이라고 적었어야지!"
"대기업이 치졸하다, 치졸해!"

모든 사람들이 즐겨 먹는 라면이었기에, 심하게는 배신감을 느끼는 사람들까지 있었다. 당연히 라면 회사가 받은 타격은 컸다. 이대로라면 양심 고백자는 거액의 손해배상 소송을 당하게 될 듯했다. 도대체 그는 왜 이런 양심 고백을 했을까? 사람들의 의문이 풀리기도 전에, 또 다른 양심 고백자가 나타났다. 마치 아이스 버킷 챌린지가 유행했던 것처럼 양심 고백 릴레이가 유행하는 느낌이었다.

　[양심 고백 합니다. 어린 자녀를 둔 부모님들, 아마 우리 회사의 장난감을 많이들 사셨을 겁니다. 한데, 사용하다 보면 너무 쉽게 망가지지 않던가요? 그것이 과연 아이들이 부주의하게 가지고 놀았기 때문일까요? 아니요. 우리는 제품을 만들 때, 나중에 쉽게 부서지도록 어느 한 부분을 허술하게 만듭니다. 새로운 장난감을 팔기 위해 일부러 허술한 장난감을 만드는 거지요.]

　설마 장난감에 장난을 쳤을 줄이야. 회사를 향해 수많은 비난이 쏟아졌다. 부모들은 고소를 한다고 난리를 치기도 했다. 한데, 장난감 회사 스캔들이 가라앉기도 전에 또 다른 양심 고백자가 등장했다. 이번엔 유명 의류 브랜드의 관계자였다.

　[양심 고백 합니다. 우리 브랜드는 제품을 제작할 때 항상 '한 철 옷'만 만듭니다. 몇 년이 지나도 입을 수 있는 클래식한 디자인이나, 쉽게 망가지지 않는 튼튼한 옷은 절대로 만들지 않습니다. 세탁이 힘든 옷, 잘 망가지는 옷, 유행 타는 옷 등등 일부러 제품을 모자라게 만듭니다.]

　그뿐만이 아니었다. 어떤 구두 브랜드에서는 일부러 굽이 잘 부러지게 만들었다는 양심 고백을, 어떤 화장품 브랜드에서는 일부러 제품 용기의 두께를 두껍게 만들었다는 양심 고백을, 어떤 스타킹 브랜드에서는 일부러 올이 잘 나가도록 만들었다는 양심 고백을 했다.

사람들은 이 사회현상을 이해할 수 없었다. 왜 이런 양심 고백 릴레이가 이어지는 걸까? 거액의 손해배상 소송을 감수하고 나서는 그들의 의도가 도대체 뭐란 말인가? 그냥 사회 분위기에 휩쓸린 걸까? 아무도 그 이유를 몰랐다. 심지어 양심 고백자들도 설명하지 못했다.

시간이 지날수록 양심 고백의 수위는 점점 더 높아졌다. 어떤 유명 건설사에서 터진 양심 고백의 내용은 경악을 금치 못할 정도였다.

[양심 고백 합니다. 실은, 층간 소음을 완벽하게 잡는 방법을 이미 알고 있습니다. 하지만 아파트를 지을 때 일부러 층간 소음을 잡지 않습니다. 그래야 사람들이 더 좋은 집으로 이사하고 싶어질 테니까 일부러 아파트를 부실하게 짓는 겁니다.]

"세상에! 층간 소음까지 계산된 거였단 말이야? 진짜 너무하네!"
"층간 소음 때문에 내가 윗집이랑 얼마나 싸웠는데!"

사람들은 정말 어이가 없었다. 그다음에 터진 유명 자동차 브랜드의 양심 고백도 어이없기는 마찬가지였다.

[양심 고백 합니다. 이건 거의 윗선에서만 아는 사실이지만, 우리 자동차는 일부러 잘 망가지게 디자인합니다. 우리는 자동차 하나를 10년, 20년씩 쓰는 걸 원치 않습니다. 차가 쉽게 망가져야 새로운 차를 팔 수 있기 때문에 일부러 부실하게 제작하는 겁니다.]

"뭐? 차까지 그런다고?"
"미친 거 아니야? 사람 목숨이 달린 일인데!"
"운전자가 죽든 말든 차만 팔면 된다는 거 아니야? 더 많이 폐차될수록 이득이다 이거지!"

도를 넘어선 양심 고백은 계속해서 이어졌다.

[양심 고백 합니다. 원장의 지시로, 돈이 되는 병은 일부러 치료를 늦춥니다. 한 번에 낫지 않도록 치료를 부족하게 하는 겁니다.]

"이런 미친!"
"저, 저! 대형 병원이라는 곳에서 사람 목숨을 가지고 장난질한 거야, 지금?"

점점 심각해지는 양심 고백을 보며 사람들은 극도로 분노했다. 그에 반해, 각종 언론은 필사적으로 기업들을 변호했다.

[지난 며칠간 이어진 양심 고백들이 진짜라고 증명된 것은 아닙니다. 모두 개인의 주장으로, 아직 사실관계가 명확히 증명되지 않았습니다. 반면 각 기업에서는 입증된 반박 자료를 속속들이 내놓고 있으며…]

그러나 사람들의 분노를 가라앉히기에는 역부족이었다. 다만, 대중의 관심을 바꾸려는 언론의 전략은 먹혀드는 듯했다.

[지난 며칠간 이어진 미스터리한 양심 고백 사태의 원인은 무엇일까요? 일명 양심 고백자들도 자신들이 왜 양심 고백을 했는지 설명하지 못하고 있습니다. 왜 그들은 갑자기 양심 고백을 하게 된 걸까요? 전문가의 의견이 분분한 가운데…]

확실히, 사람들 모두 궁금해하는 화제였다. 도대체 왜 이런 양심 고백 릴레이가 이어지는 걸까? 각종 음모론을 떠들기에 너무 좋은 소재였다.

언론은 사람들의 관심을 이 미스터리한 현상 자체로 옮기는 데 성공한 듯했다. 사람들 사이에서는 경제를 무너뜨리기 위한 비밀 조직이 존재한다는 주장이 진지하게 거론됐다. 모든 언론이 그 의견에 호응했다. 그러니까, 양심 고백의 내용은 모두 조작이란 말이었다.

한데 얼마 안 가, 사람들은 이 미스터리한 사회현상이 그런 음모 따위가 아니었단 사실을 깨닫게 되었다.

점점 더 강력한 양심 고백이 이어지던 어느 날. 하늘에서 신성한 빛줄기가 내려오더니, 곧 신의 음성이 들려왔다.

[양심 고백 합니다. 인간을 만들 때 일부러 수명이란 걸 만들었습니다. 같은 인간을 계속해서 보는 건 재미가 없기 때문에, 일부러 유한한 존재로 만든 겁니다.]

개인 감옥

사막의 패권을 두고 빨간 나라와 파란 나라가 전쟁을 했다.

전쟁의 열세를 극복해보고자 빨간 나라의 용맹한 전사 서른 명이 야밤을 틈타 파란 나라의 지휘부를 기습했다. 하지만 작전은 실패로 돌아갔고, 전사들은 모두 포로가 되었다.

전사들이 끌려간 파란 나라의 감옥은 모두 독방으로 이루어져 있었다. 서로의 소통을 막기 위해서였을까? 사람 한 명이 겨우 누울 만한 좁은 개인 감옥이 일렬로 다닥다닥 붙어 있었고, 그곳에 빨간 나라의 전사 서른 명이 한 명씩 갇혔다.

"이 파란 나라 새끼들아!"

창틀을 붙잡고 울부짖는 전사들을 향해, 파란 나라의 간수들이 그들의 언어로 통보했다.

"썅, 뭐라는 거야?"

전사들은 그 말을 알아들을 수 없었다. 그저, 빨간 나라의 언어로 신나게 욕설을 내뱉을 뿐이었다. 파란 나라의 간수들이 떠나고 소동이 점차 잦아들었을 때, 한 똑똑한 전사가 말했다.

"이봐! 난 파란 나라의 말을 조금 할 줄 알아! 방금 저 간수 놈들이 뭐라고 했는지 알아들었다고!"
"그 새끼들이 뭐라고 했는데?"
"내일부터 하루에 한 명씩, 본보기로 목을 치겠대!"
"뭐야? 이런 개새끼들이!"

빨간 나라의 전사들은 또다시 광분했다. 하지만 그뿐이었다. 이미 포로로 잡힌 이상 그들은 아무것도 할 수 없었다. 다음 날찾아온 간수들은, 말한 대로 전사 한 명을 강제로 끌고 나갔다. 빨간 나라의 전사들은 광분하여 소리쳤지만, 막을 힘이 없었다.
다음 날 또다시 한 명이 끌려 나가고, 그다음 날 또 한 명이 끌려 나가고…
점차 전사들은 용맹함을 잃어갔다. 그리고 무력감과 공포심이 그 자리를 대신했다. 가뜩이나 벽으로 막혀 있는 개인 감옥이라 서로 의지할 수도 없었다. 그저 돌바닥만 바라보며 시들어가고 있던 그때, 파란 나라 말을 통역해줬던 똑똑한 전사가 갑자기 소리쳤다.

"모두들… 모두들 창밖을 봐! 저, 저거 혹시 붉은 군대 아니야?"

붉은 군대라는 말에, 시들어가던 전사들의 고개가 번쩍 들렸다. 붉은 군대는 그들 국가의 주력 군대가 아니던가!

"뭐? 붉은 군대가 왔다고? 어디? 내 방엔 창이 없어!"
"내 방에도 창이 없어!"
"여기도!"

똑똑한 전사가 당황스러워하며 말했다.

"뭐? 아무도 창문이 없어? 내 방에만 있는 거야?"

나머지 전사들이 쇠창살에 바싹 붙어 물었다.

"자세히 말해봐! 얼른! 정말로 붉은 군대가 왔다고?"
"어, 어어! 너무 멀어 잘 보이진 않지만, 저 멀리 지평선 너머로 대규모 군세가 모래바람을 일으키며 주둔하고 있어! 여기에 쳐들어올 군이 붉은 군대 말고 또 누가 있겠어!"

개인 감옥

"그렇지만 지금 우리 나라의 군세로는 정면 대결이 불가능하잖아!"

그의 말대로 현재 전세는 빨간 나라에 극도로 불리했고 정면 대결은 그야말로 자살행위였다. 그게 가능했다면 이들이 몰래 침투하지도 않았을 것이었다.

그런 의문을 떠올릴 때, 창문방 전사가 조심스럽게 말했다.

"혹시 우리 때문인가?"
"…"

순간 그들의 가슴속에 어떤 감정이 울컥 치밀었다.

"우리를 구하려고?"
"그럴지도…"
"정말 그런가?"

하나둘, 전사들의 가슴이 뜨거워졌다. 희망을 떠올리게 되었다. 그들 때문에 붉은 군대가 온 것이 아닐지라도, 그들은 그렇게 믿고 싶었다. 사방이 벽으로 가로막힌 개인 감옥에서 시들어가던 그들은, 정말로 그렇게 믿고 싶었다.

"그래! 붉은 군대는 우리를 잊지 않았어! 파란 나라 새끼들을 박살 내고 우리를 구하러 온 거라고!"

누군가의 힘찬 외침을 시작으로, 여기저기서 고함이 터졌다.
손발에서 피가 나도 쇠창살을 두들겨 소리를 냈다. 처음 이곳에
침투했던 그날처럼, 그들은 다시 용맹함을 되찾았다.

"그래! 이거지! 뭐? 한 명씩 목을 친다고? 치라고 그래! 그 새
끼들이 우리 목을 꺾을지언정 우리 긍지까지 꺾을 순 없을 테
니까!"
"그렇지!"

거기다가 창문방 전사가 덧붙였다.

"이봐! 이 말이 무슨 뜻인 줄 알아? '데나가데!' 우리 말로 '개
새끼들'이란 뜻이야! 내가 유일하게 알고 있는 파란 나라 욕이
지! 그놈들이 왔을 때 퍼부어주자고!"
"그래. 씨발놈들, 마침 잘됐다. 데나가데!"

전사들은 완전히 기운을 되찾아, 고함만으로도 파란 나라 놈
들을 씹어 먹을 듯 기세등등해졌다. 하루 뒤, 파란 나라의 간수
들이 한 명의 희생자를 데려가려고 왔을 때, 그들은 일제히 철창
을 흔들며 합창을 하듯 소리를 질러댔다.

개인 감옥

"야, 이 씨발, 데나가데! 데나가데! 데나가데! 데나가데! 데나가데!"

그 욕을 어떻게 알았냐는 듯, 간수들이 곤혹스러워했다. 그 모습에 전사들은 더욱 즐거이 소리쳤다.

"새끼들, 우리가 너희 나라 욕까지 할 줄은 몰랐지?"
"데나가데! 데나가데! 데나가데!"

간수들은 그래도 곧 얼굴을 굳히며 한 명의 전사를 거칠게 끌고 나갔다. 그 전사는 끌려 나가면서도 긍지를 잃지 않았다.

"형제들! 혹시 살아남는다면 내 소식을 전해줘! 나는 죽는 그 순간까지도 용맹했다고!"
"으랴아아!"

나머지 전사들은 철창을 마구 두들기며 광분했다. 마치 우리들의 용맹함에 질려보라는 듯이!
다음 날, 창문방 전사가 다시 말했다.

"보인다! 붉은 깃발이 보여! 붉은 깃발이 보인다고! 붉은 군대가 확실해!"
"뭐?"

"어제보다 더 가까워졌어! 붉은 군대가 가까이에 있다고!"
"우아아아!"

전사들은 다시 환호했다. 어떤 이는 소리를 지르며 눈물을 흘리기도 했다. 그날 또다시 간수들이 왔을 때, 이 개인 감옥에 시들어 있는 이는 단 한 명도 없었다. 죽음의 공포에 굴복해 있는 이는 단 한 명도 없었다. 일제히 창살에 달라붙어, 간수들을 씹어 먹을 듯 용맹하게 소리 질렀다.

"붉은 군대가 진격하면 너희는 다 뒈졌어, 이 새끼들아!"
"야, 이 씨발, 데나가데! 데나가데! 데나가데!"

그들의 용맹함에 간수들은 완전히 퍼렇게 질려버렸다. 전사를 끌고 가면서도 좀처럼 얼굴이 펴지질 않았다.

"내가 죽는 걸 무서워할 줄 알고? 내 유언은 데나가데다, 이 새끼들아! 씨발, 데나가데!"

다음 날, 날이 밝자마자 전사들은 창문방 전사를 찾았다.

"이봐! 깼어? 거기 창밖은 어때? 붉은 군대가 보여?"
"어! 그래! 여전히 보여! 파란 놈들을 향해 정면으로 대치하고 있다고!"

개인 감옥

"크흐!"

전사들은 틈만 나면 창문방 전사에게 창밖 상황에 대해 물었다. 그럴 때마다 창문방 전사는 붉은 군대의 위용에 대해 얘기해 주며 전사들의 용기를 복돋아주었다.

얼마 뒤, 간수들이 내려왔다. 이번에도 전사들은 합창을 하듯 욕설을 내뱉었다.

"데나가데! 데나가데! 데나가데!"

한데, 이번엔 달랐다. 간수들은 무장한 여러 군인들과 함께였고, 남은 전사들을 한 명씩 포박하여 꺼냈다. 전사들은 두 가지 경우를 예상했다.

"이 새끼들이 열받아서 우리를 모두 참수하려고?"
"아니야, 어쩌면 붉은 군대와 협상을 하려는 걸지도 몰라!"

전사들은 제발 후자이기를 바랐다. 그런데 그때, 가장 안쪽에 있던 전사가 끌려 나오며 깜짝 놀란 목소리로 말했다.

"뭐, 뭐야! 네 방에는… 창문이 없잖아!"
"…"
"뭐?"

전사들은 일제히 창문방 전사를 돌아보았다. 창문방 전사는 입을 열지 못했다.

"이게 어떻게 된 거야? 다 거짓말이었던 거야? 붉은 군대가 왔다는 것도…"
"그, 그럼 우리는 이제… 모두…"
"…"

고개를 푹 숙이고 있던 창문방 전사가 어렵게 입을 뗐다.

"난 형제들에게 희망을 주고 싶었어… 희망이 있으면, 포기하지 않으니까… 난 형제들이 희망을 잃지 않길 바랐어… 미안해…"
"…"

절망스러운 고백이었지만, 그를 탓하는 이는 없었다. 실제로 그가 아니었다면 그들이 이렇게 당당하게, 전사로서 죽음을 맞이할 수 있었겠는가? 겁에 질려 비굴하게 떨다가 하나하나 죽어나갔겠지…

"차라리 잘됐어! 마지막 순간까지 용맹하게 죽자고! 빨간 나라 전사가 어떻게 죽는지 파란 새끼들한테 보여주자고!"

"으라아아!"

죽으러 가는 길이었지만 전사들의 보무는 당당했다. 누가 누구를 끌고 가는 건지 헷갈릴 만큼. 한데,

전사들이 끌려간 곳은 참수장이 아니었다. 파란 나라 군대의 사령관 막사였다.

사령관은 전사들을 향해 일장 연설을 한 후, 그들을 밖으로 내보내주었다. 전사들을 파란 나라의 군세 밖으로 풀어준 것이다.

"뭐, 뭐야! 이게 어떻게 된 일이야?"
"설마, 살려주는 거야?"

어리둥절한 채로 걷던 전사들은 곧 사막 저 멀리 붉은 복장의 사람들이 다가오는 모습을 보았다.

"부, 붉은 군대! 진짜 붉은 군대야!"
"뭐야? 우리 살아남은 거야? 우리가 정말로 살아남은 거야?"
"살았어! 살았다고!"

전사들은 붉은 군대를 향해 달렸다. 마중 나온 군인들과 합류하여, 얼싸안고 기쁨의 눈물을 흘렸다. 이윽고, 전사들 중 누군가가 소리쳤다.

"창문방 전사! 그의 말이 맞았어! 그의 말이 맞았다고!"

"그가 바로 우리의 영웅이야!"

"맞아! 우리는 창문방 전사 때문에 희망을 잃지 않고 버틸 수 있었던 거라고!"

전사들이 창문방 전사를 추앙하기 위해 그를 찾을 때, 붉은 군대의 사령관이 다가와 먼저 그들을 치하했다.

"용맹한 전사들이여! 너희는 우리 빨간 나라 전사들의 자랑이다!"

"으라아아!"

마중 나온 모두가 그들을 향해 환호했다. 전사들은 붉어진 눈시울로 힘차게 경례했다.

한데, 이어지는 사령관의 말에 그들은 넋을 잃고서 손을 툭 떨구고 말았다.

"그대들이 감옥에서 한 명씩 희생당해야 했을 때, 서로가 앞다투어 '나를 데려가'라고 소리를 질렀다고! 그 용맹한 모습에 적들마저 감복하여 그대들을 풀어주었다. 그대들은 정말 우리 빨간 나라 전사들의 자랑이다!"

개인 감옥

" … "

그제야 그들은 깨달았다. 창문방 전사의 방에서는 단 한 번도 '데나가데'라는 외침이 들리지 않았다는 사실을…

단체 감옥

깊은 숲 속 유적지를 관광하던 사람들이 복면인들로부터 습격을 당했다. 미처 피하지 못한 30명의 사람들이 숲 속 한가운데로 납치되었다. 복면인들은 그들을 지하 감옥에 가두었다. 동굴을 개조해 철문을 단 듯한 감옥은, 습하고 거칠고 어두웠다. 납치된 사람들은 공황상태에 빠져 공포에 떨며, 울고, 화내고, 소리를 질렀다.

"으애애앵! 으애애애애앵! 으애앵!"

한 여인의 품에 안긴 갓난아기의 울음소리가 감옥에 울렸다.
복면인들은 총성으로 사람들을 침묵시킨 뒤, 이야기를 시작했다.

"우리는 화산신을 모시는 존재들이다. 10년에 한 번, 화산신이 노하실 때마다 인간 제물을 바쳐 신의 노여움을 가라앉혀야 한다. 너희들이 바로 그 제물이다."

"뭐요? 그게 무슨 소리입니까!"

"살려주세요!"

"응애애앵! 으애애앵!"

"조용조용! 앞으로 화산신의 움직임이 있을 때마다 한 명씩, 총 15명이 제물로 바쳐질 것이다. 너희들 중 반은 지금 당장 죽여도 상관이 없단 말이다!"

"…"

"좋아. 그럼 앞으로 누가 제물로 바쳐질 것인지는 너희들이 알아서 정하도록 하고, 첫 번째 제물은…"

"응애애앵! 응애앵!"

"너무 시끄럽군! 안 되겠어. 첫 번째 제물은, 저 아기로 하겠다!"

"안 돼요!"

깜짝 놀란 여인이 아기를 품고 뒤로 물러났지만, 복면인들은 여인에게서 아기를 빼앗았다.

"아, 안 돼! 악! 우리 아기! 안 돼! 제발! 살려줘요! 도와줘요! 제발! 아, 안 돼! 제발요!"

여인은 복면인들에게 이리저리 치이면서도 소리를 지르며 달려들었다. 감옥의 다른 누구도 여인을 돕지 못했다. 복면인들이 서슬 퍼런 총칼로 위협하고 있어 움직일 수조차 없었다.

끝내 여인은 구석에 내팽개쳐져 기절했고, 복면인들은 아기를 데리고 나간 뒤 철문을 잠갔다.

"…"

불쾌한 침묵이 단체 감옥 안을 감쌌다.

깨어난 여인은, 삼일 밤낮을 철문에 붙어 소리쳐댔다. 아기를 돌려달라고, 내 아기를 돌려달라 소리쳐댔다. 사람들의 위로도 소용이 없었고, 누구도 여인에게 말을 붙일 수 없었다. 며칠간 울고불고 까무러치기를 반복하던 여인은, 시체처럼 동공이 풀린 채 한쪽 벽에 쓰러졌다.

하지만 감옥 안의 사람들은 여인을 신경 쓸 여력이 없었다. 첫날 복면인들이 던지고 간 감자 한 바구니가 식량의 전부였다. 그들은 사흘 가까이 굶었다. 복면인들이 다시 나타났을 때, 그들은 배고파 죽겠다며 살려달라고 소리를 질러댔다. 그때, 시체처럼 누워 있던 여인이 벌떡 일어나 복면인들에게 달려들었다.

"내 아기! 돌려줘요. 우리 아기! 제발 우리 아기! 악!"
"이미 화산신 님께 제물로 바쳐졌다!"

"악! 내 아기! 내 아기 내놓으라고, 내 아기!"

"이미 죽었다니까!"

"아악! 안 돼. 이 나쁜 새끼들아! 내 아기 내놔! 내 아기! 내 아기 내놓으라고!"

여인은 또다시 처참히 짓밟혔다. 사람들은 무력하게 그 모습을 보고 있을 수밖에 없었다. 복면인들은 감자 한 바구니를 내려놓고 말했다.

"내일 또 한 명의 제물이 필요하다. 누가 제물이 될지 내일까지 정해놓도록!"

복면인들이 철문을 닫고 떠나자마자, 사람들은 감자 바구니로 몰려들었다. 한쪽에 쓰러진 여인을 신경 쓰는 이는 아무도 없었다. 그래도 사람들은 가까스로 이성을 차려, 한 사람당 감자 한 알씩을 나눠먹었다.

바구니가 비고 난 뒤에야, 사람들은 내일이 걱정 되었다.

"누가 내일 제물이 된단 말입니까?"

"…"

몇몇 사람들의 시선이, 자기도 모르게 쓰러진 여인을 향했다. 그들은 생각했다. 어차피 살아갈 이유도 없어진 저 여인이 희생하는 게 좋지 않을까?

그도 그럴 것이, 여인은 마치 미쳐버린 사람처럼 눈이 풀린 채 주저앉아 있었다.

"아가… 내 아기… 아가…"

그 모습을 보며 모두 비슷한 생각을 했지만, 그 생각을 입 밖으로 내지는 않았다. 그때, 한 사내가 나서서 제안했다.

"저에게 12면 주사위가 있습니다. 공평하게 주사위로 결정합시다."

"…"

"우리가 지금 비록, 이 감옥에 갇혀 인간만도 못한 취급을 받고 있지만, 그래도 우리는 인간입니다! 죽을 때 죽더라도 인간은 공평해야 합니다!"

"옳은 얘깁니다!"

"공평하게 정합시다!"

대부분의 사람들은 그의 말이 옳다고 느꼈다. 인간은 공평해야 했다.

한 명씩 주사위를 굴리기 시작했다. 그리고 여인의 차례가 되었을 때, 몇몇 사람들은 어쩌면 여인이 주사위를 굴리지 않을지도 모른다고 생각했다. 여인이 주사위를 굴리지 않는다면, 상황

단체 감옥

이 다르게 흘러갈 수도 있다는 기대를 가졌다.

한데, 사내가 여인의 손에 주사위를 쥐여주자, 멍하니 있던 여인이 바닥에 주사위를 툭 굴렸다.

"…"

속으로 아쉬움을 감추던 사람들과는 상관없이, 12면체 주사위의 눈금은 10. 여인은 통과였다. 감옥 안의 모두가 주사위를 굴린 결과, 80세의 노인이 당첨되었다.

"크흠…"

노인은 침음을 냈지만, 나머지 사람들은 안도했다. 그리고 결과에 납득했다. 다행이라는 생각, 괜찮게 뽑혔다는 생각, 될 만한 사람이 됐다는 생각. 사람들은 평등하게 주사위를 굴렸지만, 노인이 희생되는 것이 '알맞다'고 느꼈다.

다음날, 복면인들이 제물로 바쳐질 사람을 데리고 가기 위해 나타났다. 이번에도 여인이 복면인들에게 먼저 달려들었다.

"내 아기 내놓으라고! 내 아기! 내 아기! 악!"
"이미 죽었다니까! 화산신께 제물로 바쳐졌단 말이다!"

여인은 복면인들에게 몇 번씩 내쳐져 구석에 나동그라졌다. 노인은 혹시나 하는 기대를 가졌지만, 변화는 없었다. 예정대로 노인이 끌려 나갔다. 사람들은 노인보다는 감자 바구니에 더 시선이 갔다. 오직 구석에서 눈물을 흘리던 여인만이 멍하게 허공을 바라보았다.

며칠이 지나 다시 복면인들이 나타났다. 이제 여인은 달려들지도 않았다. 모든 것을 포기한 표정이었다.

"내일 화산신께 제물을 또 바쳐야 하니까, 한 명을 정해놓도록!"

복면인들은 또 감자 바구니를 놓고 떠났다. 사람들이 감자 바구니를 향해 달려들려하자, 한 사내가 바구니를 뒤로 가리며 소리쳤다.

"잠깐! 먼저, 제물이 될 사람을 뽑읍시다!"
"…"

"제물이 될 사람은… 어차피 내일 죽을 텐데 굳이 감자를 먹을 필요가 없지 않습니까? 먼저 제물이 될 사람을 뽑고… 감자를 나눕시다."

무섭도록 냉정한 말이었지만, 무섭도록 좋은 생각이었다. 사

단체 감옥

람들은 동의했다. 사람들은 다시, 공평하게 주사위를 굴렸다. 한데, 이번 결과에는 사람들이 당황했다. 그들 중 가장 어린 12살 소년이 당첨된 것이다. 노인이 당첨되었을 때와는 달랐다. 안타깝다는 생각, 뽑기가 실패했다는 생각, 될 만하지 않은 사람이 됐다는 생각이 지배적이었다.

"어쩔 수 없지만, 공평하게 결정된 것이므로… 내일 제물은 저 아이인걸로…"
"흐윽, 흑흑…"
"…"

소년의 울음에 마음이 무거웠지만, 누구도 다시 주사위를 던지자는 말을 할 수 없었다. 공평하게 뽑은 결과였으니까. 그 결과에 반대한다면 그건 공평하지 않은 일이니까.

많은 사람들은 내심 아이를 잃은 여인이 뽑히기를 바랐다. 아니, 지금이라도 여인이 소년을 대신해 나서주면 좋겠다고 생각했다. 물론 본인들이 나설 생각은 없었다.

한참을 울던 소년은 상황을 받아들인듯, 애써 진정하며 말을 했다.

"배가 너무 고파요… 마지막으로 감자 한 알이라도 배부르게 먹고 싶어요… 진짜 배가 너무 고파요… 배가 너무 고파요…"
"…"

감자 한 알. 희생되는 소년을 위해 감자 한 알 내주는 것에도 사람들은 갈등했다.

 "죽는 사람 소원도 못 들어줍니까? 하나 줍시다."
 "안 됩니다! 저도 정말 마음이 아프지만, 저 감자 한 바구니로 우리는 며칠을 버텨야 합니다! 굶어죽는 사람마저 나올 지경입니다!"
 "그래도 죽으러가는 아이의 마지막 소원이 아닙니까?"
 "그러니까 안 된다는 겁니다! 어차피 내일 죽을 아이입니다! 어쩌면, 내일 제물로 바쳐지기 전에 마음껏 포식을 할 수 있을지도 모를 일입니다!"

 자신을 두고 우왕좌왕하는 동안, 소년은 힘없이 배를 움켜쥐었다.

 "배가… 배가 너무 고파요…"

 몇몇 사람들은 안타까워했고, 몇몇 사람들은 이성적이었다.

 "하나 줍시다."
 "안 됩니다!"
 "배가 너무 고파요…"

단체 감옥

"하나쯤은 괜찮지 않습니까?"

"안 된다니까요! 그럼 당신이 양보하겠습니까?"

"그건…"

두 패로 나뉘어 대립하던 사람들은, 점차 합리적으로 변해갔다. 감자를 주지 말자는 의견이 우세해졌다.

굶어죽는 사람이 나올지도 모를 판국에, 아이의 부탁을 들어주기란 어려웠다.

"배가 너무 고파요…"

"…"

사람들은 아이의 모습을 애써 외면하며, 사내의 주도하에 감자를 분배하기 시작했다. 아이는 철저하게 배제됐다.

그때였다.

"애야, 이리오렴…"

"흑…"

죽은 듯이 쓰러져 있던 그 여인이었다. 곧 죽을 듯 보였던 여인이 아이를 불렀다.

"얘야… 이리 오렴…"

사람들은 의아한 눈으로 여인을 보았다. 감자를 배분받지도 않은 저 여인이 지금 뭘 하려는 것인지를 몰랐다.

"…"

여인은 자신의 앞가슴을 헤쳤다. 그리고 아이에게 젖을 물려 주었다.

"…"

여인은 감옥에 갇힌 뒤 한 번도 감자를 먹은 적이 없었다. 이 곳의 누구보다도 메말라 있었다. 그런 여인이 아이에게 젖을 내주었다. 누구보다 배고픈 여인이, 배고픈 아이에게 젖을 내주 었다.

부끄러웠다. 사람들은 부끄러워 쳐다볼 수가 없었다. 앞가슴 을 내민 저 여인이 아니라 자기 자신이 부끄러워 쳐다볼 수가 없었다.

감자를 분배하던 사내가 일어났다. 절대 감자를 줄 수 없다던 사내가 감자 두 알을 손에 쥐고 둘에게 다가갔다. 누구도 말리지 않았다.

"아이야, 이 감자를 먹거라… 미안하다…"

아이는 감자를 받아들고 허겁지겁 먹었다. 사내는 여인에게,
암묵적으로 여인에겐 내정되어 있지 않았던 감자를 내밀었다.

"드시죠…"

여인도 감자를 받아먹었다. 돌아선 사내는 사람들을 향해 제
안했다.

"주사위를 다시 굴리려고 합니다… 반대하시는 분?"
"…"

그 누구도 반대하지 않았다.

"어린아이들은 제외하겠습니다… 반대하시는 분?"

그 누구도 반대하지 않았다.

"이 여인도 제외하겠습니다. 왜냐면… 지금 이 여인은 무척
아픈 사람이기 때문입니다. 아기를 잃고 누구보다 아픈 사람…"
"…"

"약한 사람, 아픈 사람을 배려해준 뒤의 공평함… 저는 그것이 우리 인간의 공평함이라 생각합니다. 제 생각에 반대하시는 분 있으십니까?"

"…"

그 누구도 반대하지 않았다.

"그러면, 이제 진짜로 공평하게 주사위를 굴립시다."

다시 주사위는 던져졌다. 공평하게. 어쩌면, 그들만의 공평함으로…

단체 감옥

똑똑한 살인 청부업자

"이 새끼가 감히 우리 홍혜화에게 입에 담을 수 없는 악플을 달았습니다! 이 새끼를 꼭 죽여주십시오!"

최무정은 시뻘겋게 달아오른 얼굴로 씩씩댔다. 그의 앞에 앉은 사내는 최무정이 건네준 파일을 보며 말했다.

"홍혜화 양에게 악플을 달다니, 겁도 없는 놈이군요. 하긴 뭐, 선생님 같은 팬이 있는 줄은 꿈에도 몰랐을 테니까 그랬겠지만."

사내는 마스크와 선글라스를 쓰고 있어 표정을 알 수 없었지만, 웃음기가 섞인 말투였다.

"홍혜화 양이 선생님의 팬심을 알아주는 날이 와야 할 텐데 말입니다. 세상 어느 팬이 가수를 위해서 살인 청부업자까지 고용하겠습니까? 고작 악플 단 놈을 죽여달라고 말입니다. 하하.”

“고작 악플이라뇨! 우리 혜화가 그 악플을 보고 얼마나 큰 충격과 아픔을 느꼈겠습니까? 마음 약한 우리 혜화가 자살이라도 한다면요? 저는 정말 상상만 해도, 이 가슴이 아주 찢어집니다!”

“아, 그건 그렇군요. 제가 실수했습니다. 홍혜화 양이 그런 악플을 보았다면 확실히 괴롭겠지요.”

사내는 속으로 최무정을 비웃을지언정, 겉으로는 맞춰주었다. VIP 고객을 잃을 필요는 없지 않은가?

“그럼, 비용은?”

사내의 물음에, 최무정은 현찰이 가득 담긴 가방을 떡하니 내밀었다.

“언제나처럼 5천만 원을 현찰로 준비했습니다. 확실히 믿으니까 나눠드리지 않고 한 번에 드리는 겁니다. 이번에도 확실하게 처리해주십시오!”

“제 실력 아시잖습니까? 그 부분은 걱정하지 마시길.”

사내는 싱글벙글거리며 가방을 받았다.

똑똑한 살인 청부업자

"이거 참, 언제나 감사합니다. 이렇게나 자주 이용해주시니, 선생님 전용으로 10장 모으면 1번 무료인 쿠폰이라도 발급해야 하는 게 아닐까 싶습니다. 하하하!"

"그런 쿠폰이 있다면 저야 좋지요! 죽이고 싶은 악플러 놈들이야 차고 넘치니까요!"

"아이고, 이런! 제가 괜한 말을… 선생님은 정말로 10장을 금방 모으실 것 같네요! 취소입니다, 취소! 하하하."

"아무튼, 그 악플러 새끼를 꼭 확실하게 처리해주십시오."

"예예, 좋은 소식 기다리시면 됩니다. 그럼…"

사내는 가방을 챙겨서 조용히 사라졌다.

사내가 자리를 뜨자 잔뜩 흥분해 있던 최무정의 표정이 순식간에 변했다. 그는 무표정한 얼굴로 스마트폰을 들었다.

"저 양반이 빨리 끝내야 다음 일도 받는데 말이야."

그는 메신저 창을 열어 수많은 대화창 중 가장 최근 것을 열었다.

[이야기 들으셨겠지만, 비용은 8천입니다. 선금 4천에 일이 완료되면 4천을 받겠습니다.]

[알겠습니다. 확실히 그 년을 죽일 수만 있다면 돈은 얼마든지 낼

수 있습니다.]

최무정은 도착한 답장을 보며 씩 웃었다. 이럴 때마다 자신이 대견했다. 의뢰받은 청부 살인을, 진짜 살인 청부업자에게 맡기고 3천만 원을 남겨 먹다니. 이 얼마나 천재적인 발상인가!

최무정이 아까 그 사내를 알게 된 건 우연이었다. 몇 달 전, 최무정은 사내가 실수로 보낸 문자를 받았다. 사내가 의뢰인에게 보내려던 그 문자에 호기심이 동한 최무정은 대화를 이어갔다. 장난으로 넘어갈 수도 있었던 일이지만, 최무정은 실제 살인 청부를 해버렸다. 당시 정말로 죽이고 싶었던 원수가 있었기 때문이다. 막상 만나서 선수금을 줄 때는 사기가 아닐까 걱정했지만, 사내는 진짜 살인 청부업자였다. 돈을 건네고 얼마 뒤, 그 원수가 사고로 사망했단 소식이 들려왔다. 두려움과 만족과 후회의 감정이 교차하던 그때, 최무정의 머릿속에 번쩍하는 아이디어가 떠올랐다.

최무정이 평소 중간 유통업자의 마진이 너무 높은 시스템에 불만이 많았다. 만약 자신이 의뢰자와 살인 청부업자 사이에서 중간 유통자가 된다면… 꿀을 빠는 것도 가능하지 않을까 싶었다.

그때부터 최무정은 가짜 살인 청부업자 행세를 했다. 시간이 꽤 걸리긴 했지만, 독자적인 루트를 만들어 살인 의뢰를 받는 데 성공했다. 이제 그 의뢰를 진짜 살인 청부업자에게 몰래 넘기기만 하면 되는데, 한 가지 문제가 있었다. 한 사람이 계속해서 살인 의뢰를 하면, 당연히 살인 청부업자가 이상하게 생각하지 않

똑똑한 살인 청부업자

겠는가?

그래서 최무정은 연예인 홍혜화의 광팬을 가장했다. 청부업자의 눈에 미치광이처럼 보이도록 연기했고, 의뢰 대상들을 모두 홍혜화의 악플러라고 둘러댔다. 기가 막힌 작전이었다. 청부업자는 최무정을 홍혜화의 광팬이라 생각했고, 그래서 자주 의뢰하는 것을 이상하게 생각하지 않았다. 오히려 VIP로 받들어 모셨다. 마진을 떼먹고 있을 줄은 꿈에도 모르고!

최무정은 8천만 원에 의뢰받은 일을, 사내에게 5천만 원을 주고 맡겼다. 한 건당 순수 마진만 3천만 원! 평생 이렇게 큰돈을 벌어본 적은 없었다. 본업을 관두고, 이 일에만 전념한 지도 꽤 되었다. 아예 살인 청부업자를 1명 더 구할 생각도 하고 있었다. 쉽진 않았다. 자신이 판로를 열면서 알게 된 몇 명을 추려놓긴 했지만, 그중에 진짜 살인 청부업자가 있을 확률은 높지 않았다. 대부분 선수금만 받고 잠수하는 사기꾼이기 일쑤다.

"어딜 가야 이 사내처럼 진짜 살인 청부업자를 구할 수 있을까…"

최무정은 메시지 창에 잔뜩 밀린 일들을 볼 때마다 아쉬웠다. 저게 다 돈인데! 선글라스 사내는 일 처리가 확실한 건 좋았지만, 작업 속도가 너무 느렸다.

"그냥 내가 직접 해봐?"

최무정은 잠깐 고민했지만, 말도 안 된다며 고개를 저었다. 자신은 그런 쓰레기가 아니었다. 사람을 죽이다니! 자신은 그냥 중간유통업자일 뿐이지, 살인마가 될 순 없다.

최무정이 방법을 강구해보던 그때, 핸드폰이 울렸다. 벨소리는 홍혜화의 노래였다.

[여보세요? 4천 준비했거든요. 언제, 어디서 뵈면 되죠?]

.
.
.

이른 아침, 마스크와 선글라스를 착용한 최무정이 마트 주차장에서 여인을 기다리고 있다. 어제 그 사내의 앞에서 의뢰인을 연기했다면, 오늘은 살인 청부업자를 연기할 차례였다.

짙게 선팅된 최무정의 차에 여인이 올라탔다. 최무정은 정면을 바라보며 낮은 목소리로 말했다.

"제 소문을 들으셨다면 아시겠지만, 의뢰인이 제 얼굴을 보면 안 됩니다. 그러니 되도록 간결하게 일을 끝냅시다. 돈은 가져오셨습니까?"

"아, 예…"

여인은 준비해온 돈 가방을 무릎 위로 올려 지퍼를 열었다.

똑똑한 살인 청부업자

최무정이 눈을 가방으로 힐끔거리던 그때,

"이 쓰레기 같은 새끼!"
"커헉!"

여인이 가방에서 권총을 꺼내 최무정을 겨눴다.

"네가 우리 오빠를 죽였지?! 김남우! 기억하지? 네가 죽인 그 남자의 이름! 죽여버릴 거야!"
"억! 자, 자, 잠깐! 잠깐!"

최무정은 눈앞에 드리워진 권총을 보며 공황상태에 빠졌다. 김남우? 얼핏 의뢰받은 일 중에 그런 이름이 있었던 것 같기도 했다. 그의 원수를 갚으러 왔다면, 저 권총이 가짜일 리는 없지 않은가?

"다 들었어! 네가 돈을 받고 우리 오빠를 죽였다는 걸!"
"오, 오, 오해십니다! 오해요, 오해!"

최무정은 두 손을 위로 올리고, 최대한 말을 쏟아냈다.

"저는 그냥 중간유통업! 예, 중간 소개업자에 불과합니다! 사실 바지입니다, 바지! 생각해보세요! 진짜 살인청부업자가 이렇게 쉽게 자신을 노출하겠습니까? 저는 심부름꾼입니다. 심부름꾼!"

"개소리!"

"아이고, 무슨 말씀을! 저는 그냥 이렇게 심부름만 해주는 사람일 뿐입니다! 절대 오빠 분의 죽음과는 상관이 없습니다! 정말입니다! 전 벌레 한 마리도 못 죽이는 사람입니다! 진짜로 살인을 하는 사람은 따로 있고, 저는 그냥 그 사람의 수족! 아니, 그냥 얼굴마담! 예? 저는 살인자가 아닙니다! 아이고, 제발! 제발요!"

"닥쳐!"

여인은 당장에라도 방아쇠를 당길 기세였고, 최무정은 급한 마음에 소리쳤다.

"제가, 제가 알려드리겠습니다! 오빠 분을 죽인 진짜 살인 청부업자를 제가 알려드리겠습니다! 예? 그러니 제발 그 무서운 물건을 제발 좀 치워주십시오! 아이고, 저는 집에 아픈 부모님을 모시고 있습니다! 제가 없으면 저희 부모님은 어떡합니까!"

"음…"

여인은 매섭게 최무정을 노려보다가 말했다.

"좋아. 지금 당장 그놈을 불러내. 허튼 수작하지 말고, 지금 당장!"

"감사합니다! 잠시만, 최대한 **빠르게** 만나게 해드리겠습니다. 당장은 좀 아니지만, 최대한 **빠르게**… 지금 당장! 여기서 연락 하겠습니다!"

최무정은 진땀을 흘리며 급히 청부업자 사내에게 연락을 넣었다.

그날 저녁. 최무정은 늘 만나던 공사장으로 청부업자 사내를 불러냈다. 사내는 최무정의 맞은편에 앉자마자 웃음기 가득한 말투로 말했다.

"아니, 또 누가 우리 홍혜화 양에게 악플을 단 겁니까? 거 참, 얼마나 심하게 달았길래 이렇게 또 참지 못하시고. 하하하. 누군 지 몰라도 그놈 참… 재수 없게 됐습니다."

"…"

최무정은 딱딱하게 굳은 얼굴로 시선을 피했다. 사내가 고개 를 갸웃할 때,

"너였구나, 이 새끼!"

"헛!"

근처에 숨어 있던 여인이 사내를 덮쳤다.

권총을 보자마자 사내는 기겁을 하며 둘에게 소리쳤다.

"당신, 누구야!"

"네가 죽인 김남우의 동생이다! 네가 우리 오빠를 죽인 그 새끼지? 죽어!"

"자, 잠깐! 잠깐!"

여인이 방아쇠를 당기려던 그때, 사내가 급히 선글라스와 마스크를 벗으며 외쳤다.

"저는 그냥 중간 브로커입니다! 살인 청부업자가 아니라고요!"

"뭐라고?"

최무정과 여인의 미간이 꿈틀했다.

"저는 5천만 원에 살인 청부를 받아서, 진짜 살인 청부업자에게 4천만 원에 일을 넘기는 사람입니다! 제가 분명 쓰레기이긴 해도, 진짜 사람을 죽이는 놈은 아니란 말입니다!"

"…"

"…"

사내가 군이 설명하지 않아도, 둘에게는 이미 익숙한 상황이었다. 여인은 계속 주절대는 사내의 말을 막으며 짜증스레 소리쳤다.

"그러니까, 너도 이 새끼처럼 결국 중간에서 돈만 빼돌리는 새끼다 이거야?"
"예? 아… 예! 그렇습니다! 진짜로 오빠 분을 죽인 새끼는 따로 있습니다!"
"그럼, 너도 그 새끼 불러! 안 그러면 너희 둘 다 내 손에 죽을 줄 알아!"

사내는 최무정이 그랬던 것처럼 다급하게 연락을 취했다. 그 결과, 세 사람은 한적한 지하철역 화장실에서 누군가를 기다리게 되었다.
사내가 세면대에서 손을 씻고 있을 때, 중년 남성이 들어와 사내의 옆에 섰다.

"흐흐, 요즘 의뢰가 좀 잦으시구려? 그 회장님은 참 죽여야 할 사람도 많네. 대기업을 운영하면 다 그런가?"

중년 남성의 농에도, 사내는 미세하게 떨기만 했다.

"응? 왜 그러시오?"
"왜 그러긴, 이 새끼야! 죽어!"

화장실 문을 박차고 나온 여인이 중년 남성에게 총을 겨눴다.

"당신 누구요?"

여인은 얼른 화장실의 입구 쪽을 막아서며 이를 갈았다.

"누구긴! 네가 죽인 김남우의 동생이다! 우리 오빠를 죽인 원수! 죽어!"

한데,

"자, 자, 잠깐! 잠깐 잠깐!"
"뭐야, 진짜!"

다른 두 남자도 설마 싶은 얼굴로 중년 남성을 바라보았다. 아니나 다를까,

"나는 댁의 오빠를 죽인 적이 없습니다! 진짜로 죽인 사람은 따로 있습니다! 제가 압니다! 진짜 살인 청부업자를 제가 압니다! 저는 그냥 중간에서 돈만 좀 떼먹는 겁니다!"
"…"
"…"
"…"

똑똑한 살인 청부업자

모두가 당황했다. 도대체 몇 다리를 건너는 걸까? 중년 남성
은 빠르게 설명했다.

"잠깐만 제 설명을 들어주십쇼! 저는 살인 청부업자가 아니
라, 살인 청부 의뢰를 받아서 진짜 청부업자에게 싸게 의뢰를 넘
기는 양아치일 뿐입니다. 우연히 휴게소 화장실에서 진짜 살인
청부업자의 전화번호를 발견하고, 기막힌 사업이 될 것 같아서
그랬을 뿐이란 말입니다!"

중년 남성의 말을 듣던 최무정과 사내는 뜨끔했다. 어쩜 이렇
게 똑같은 생각을 했을까?
결국, 여인은 짜증 가득한 얼굴로 소리치며 권총을 흔들었다.

"도대체 진짜 살인범이 누구냐고! 당신 지금 거짓말하는 거
아니야?"

중년 남성은 화들짝 놀라며 손을 내저었다.

"저는 정말 아닙니다! 저는 그냥 일을 받으면, 그 청부업자에
게 메일로 정보를 넘길 뿐입니다!"
"그럼 그 새끼한테 당장 전화해!"
"네? 저, 전화 통화를 해본 적은 없는데… 문자는 안 될까요?"

"지금 당장 죽고 싶지 않으면 전화하라고!"
"예, 예!"

중년 남성은 허겁지겁 전화기를 꺼냈다. 그리고 문자를 뒤져
서 전화를 걸었다.

따리리링… 따리리링… 따리…

"어?"
"헛!"
"…"

순간, 세 남자의 얼굴에 소름이 돋았다.

총을 겨누고 있는 여인의 주머니에서, 벨소리가 울리고 있었다.

"어… 어어…"

중년 남성이 놀랄 때, 어느새 차가워진 표정의 여인이 주머니
에서 핸드폰을 꺼냈다.

"여보세요."

깜짝 놀라, 귀에 댄 핸드폰을 떨구는 중년 남성!

여인은 핸드폰을 다시 주머니에 넣으면서 말했다.

"그래, 당신이 마지막이 확실하군. 하여간에 우리나라는 이게 문제야. 중간 유통업자들이 마진을 다 떼먹고 있으니, 원…"

세 남자의 얼굴이 공포에 질렸다. 자신들에게로 향하는 총구를 바라보며.

⋮
⋮

며칠 전. 여인이 김남우를 처리할 때, 현장을 그의 아내에게 들키고 말았다. 첫 실수에 진땀을 흘리고 있는 여인에게 그녀는 이상한 말을 했다.

"당신은 살인 청부업자의 조수인가요? 그분이 직접 일하시는 줄 알았는데… 뭐 상관없어요. 남편만 죽여준다면."

이게 무슨 말일까? 여기서부터 시작된 의문은 여인을 지하철 역 화장실까지 이끌었다. 일을 끝낸 후, 여인은 생각했다.

"가격을 8천으로 올려야겠네."

소녀의 선택

사내는 카페로 들어가기 전, 유리창을 보며 옷매무새를 점검했다. 그의 일은 철두철미한 이미지가 중요했다. 그걸 위해 일부러 마음에 들지 않는 검은색 서류가방을 들고 다니지 않는가?

카페로 들어선 사내는 만나기로 한 가족을 바로 알아챌 수 있었다. 가운데 앉은 소녀가 깁스를 하고 있었으니까. 사내는 소녀의 모습이 안쓰러웠지만, 절대 티 내지 않았다. 피도 눈물도 없는 냉혈한처럼 보여야 일이 쉬웠다.

사내는 최대한 사무적으로 설명했다. 그리고 가방에서 꺼낸 서류를 그들 앞으로 밀었다.

"자세한 사항은 서류로 확인하시면 됩니다. 그럼, 고소를 취하하시길 기다리겠습니다."

사내는 끝까지 차가움을 유지하며 카페를 나섰다. 남겨진 가족의 시선은 모두 가운데 소녀에게로 향하고 있었다. 그녀의 결정에 맡기겠다는 듯.

⋮

소녀는 끔찍한 학교 폭력을 당했다. 말로 다 설명할 수 없는 괴롭힘을 1년 동안 당하다가, 종국에는 죽을 뻔했다. 소녀가 그런 일을 당해야 했던 이유는 뭘까, 가해자의 말을 빌리자면 그냥이었다. 그냥 저지른 폭력이 소녀를 죽음 직전까지 몰고 갔다.

그제야 법의 도움을 받게 된 소녀에게 기다리고 있던 건 가해자에 대한 처벌이 아니었다.

"우리 애도 정말 반성하고 있습니다. 아직 앞날이 창창한 어린아이인데 제발 한 번만 너그럽게 용서해주시면 안 되겠습니까? 저희가 정말 평생 은인으로 여기겠습니다."

"제발 합의 좀 해주세요. 정말 우리 가족 하루하루가 죽겠어요!"

가해자의 부모는 계속 찾아와 합의를 요구했다.

"제가 무릎이라도 꿇을까요? 네, 꿇겠습니다! 보십쇼. 지금 꿇겠습니다!"

"애도 정말 진심으로 반성하고 있어요. 여기 반성문 써온 거 한번만 읽어보세요. 애가 얼마나 반성하는지 한번 읽어만 주시라고요!"

그들은 처음엔 저자세였다. 하지만 점차 자신들이 피해자인 양 억울해하고, 마지막에는 화를 냈다.

[도대체 몇 번째 편지야. 내가 진짜 미안하긴 한데, 이렇게 잘못했다고 몇 번이나 편지도 썼는데 뭘 더 해야 하니? 나 만약에 잡혀가면 너 절대 안 잊어. 그건 내가 맹세한다. 내가 진짜 잘못했으니까 한번만 봐줘, 제발.]

"기어이 그 아이 인생을 망가뜨리겠다, 이거죠? 그래야 속이 풀린다, 이거죠!"
"우리 집안이 어떤 집안인지 모르시나 본데, 좋습니다. 이제 이렇게 사과하러 찾아오지 않을 겁니다. 변호사 보낼 테니까 한번 들어보시죠. 그러면 합의가 훨씬 낫다는 걸 알게 될 겁니다."

그들의 행동은 소녀의 가족을 분노케 했다. 하지만 어쩔 수 없었다. 유능해 보이는 변호사에, 미성년자에, 초범에, 탄원서에, 처벌 수위까지. 모든 상황이 그들을 힘 빠지게 했다.

고소를 취하할까? 취하하지 말까? 카페에서 두 가지 선택지를 받은 이후로 소녀는 한마디도 하지 않았다. 밥 먹을 때도, 누워 있을 때도, 치료받을 때도, 전혀 말을 하지 않았다. 대신, 소녀의 오빠가 소녀에게 말했다.

"그냥 합의하는 게 어때? 법적으로 해봐야 우리 집에서 뭘 하겠냐. 그 변호사만 봐도 알겠더라. 그 새끼 분명 얼마 안 가서 풀려나. 그럼 너 계속 같이 학교 다녀야 하는데, 너 그 뒷감당을 어떻게 할 거야? 자신 있어? 없지? 취하할 거지?"
"…"

소녀는 고민했다. 자신을 때리던 가해자의 얼굴이 생생하게 떠올랐다. 발로 차고, 뺨을 때리고, 담뱃불로 지지고…
도저히 결정할 수 없었다. 소녀는 아무 말도 하지 않았다. 대신, 소녀의 아빠가 소녀에게 말했다.

"고소 취하하자. 응? 그 애를 감옥에 보내봤자 뭐가 남겠냐? 합의는 아빠가 다 처리할 테니까. 고소 취하하자."
"…"

소녀는 고민했다. 자신을 괴롭히던 가해자의 웃음이 생생하게 떠올랐다. 강제로 벌레를 먹이고, 오줌을 뿌리고, 속옷을 벗기고…
도저히 결정할 수 없었다. 소녀는 아무 말도 하지 않았다. 대신, 소녀의 엄마가 소녀에게 말했다.

"고소를 취하하는 게 어떠니? 다 널 위해서 하는 말이야. 엄마는 네가 평생 마음에 응어리진 채 살까 봐 그게 걱정이야. 응? 다 널 위해서 하는 말이야."

"…"

소녀는 고민했다. 죽을 뻔했던 그날의 공포가 생생하게 떠올랐다. 감히 반항했다고 방망이로 두들겨 맞고, 계단에서 구르고, 머리가 찢어지고…

소녀는 아무 말도 하지 않았다. 속으로 끊임없이 고민했다. 가족의 말을 따르는 게 좋을까?

아니다! 가장 중요한 건 자신이 진정으로 원하는 게 무엇인지다. 매일 죽고 싶었던 나날들, 끔찍한 괴롭힘의 기억들이 머릿속에 가득했다.

"…"

고소를 취하하길 원하는 가족들을 바라보며, 소녀는 마지막으로 가해자의 사과 편지를 다시 한 번 읽었다. 그리고 드디어 입을 열었다.

"고소를… 취하할게요."

소녀의 선택

"그래, 그게 정답이야."

"잘 생각했다."

"큰 결심 했구나."

소녀의 마음이 정해지자, 합의는 일사천리로 진행되었다. 가해자의 부모는 대환영이었다.

"사람 하나 살린 거예요! 정말 고마워요!"

"좋은 게 좋은 것이지요. 잘 선택하신 겁니다."

가해자도 소녀를 찾아와 눈물로 사과했다.

"정말 미안해. 내가 얼마나 큰 잘못을 저질렀는지 이제야 깨달았어."

"…"

소녀는 말이 없었다. 대신, 고소 취하가 확정되자마자 태도를 바꾼 가해자가 소녀에게 말했다.

"끝났어! 한 번 고소 취하하면 다시는 같은 사건으로 고소 못하는 거 알지?"

"…"

"합의금 많이 받아서 좋니? 어차피 합의할 거면서 합의금 올리려고 시간이나 끌고 말이야, 짜증나게!"

"…"

"내가 너 재수 없어서 봐주는데… 너 조심해라, 진짜!"

"…"

소녀는 말이 없었다. 대신, 그날 카페에서 들었던 이야기를 떠올렸다.

검은색 깔끔한 정장에 서류가방, 냉혈한 같은 차가운 외모의 사내는 말했었다.

[제가 제안하는 것이 바로 조건부 살인 청부입니다. 고객님이 고소를 취하하면 타깃을 죽이고, 취하하지 않으면 죽이지 않겠습니다. 청부 비용은 고소 취하로 들어온 합의금을 주시면 됩니다. 이 제안이 좋은 이유는, 두 가지 중 어떤 걸 선택해도 고객님에게 만족스럽다는 겁니다. 애초에 용서란 선택지가 없으니까 말입니다.]

그날, 가족들은 소녀를 바라보았다. 네 결정에 맡기겠다는 듯이. 하지만, 부디 옳은 선택을 하길 바라는 듯이.

평점 10점

점수가 짜기로 유명한 영화평론가가 있다. 하지만 1점을 준 적은 없다. 그는 항상 말했다.

"극단적인 평점은 대상보다 나를 드러내기 위한 도구다. 평점에서 평론가는 보이지 않아야 한다."

그래서 그는 평생 10점을 준 적도 없다. 그의 평점은 사사로운 감정이 들어가지 않아 객관적이기로 유명했고, 많은 사람이 신뢰했다. 평론가로서의 명성이 국내에서 세 손가락 안에는 들었다. 하지만 그는 불행했다. 심각한 우울증이다.

그는 주변에 사람이 없다. 완벽주의자인 그는 평론에 영향을 줄까 봐 그 누구와도 친분을 쌓지 않았다. 가족과도 사이가 나빴다. 부모님과 연락을 안 한 지가 벌써 몇 년째다. 또 그는 무성욕

자다. 그는 평생 누군가를 사랑해본 적이 없다. 만성 불면증에다 미식을 모르고, 목표도 없다.

사실 그는 몇 년 전부터 매일 자살을 결심했지만, 항상 한 가지 문제에 가로막혔다.

"최고점인 평점 10점을 주지 않고 죽는다면, 내 모든 평점은 완성이 되지 못한다. 적어도 죽기 전에 10점 하나는 주고 죽어야 한다."

매일 죽고 싶은 그가 죽지 못한 이유는 단 하나, 10점짜리 작품이 나오지 않아서다. 그는 죽기로 마음먹은 날부터 항상 10점을 준비했다. 기대작들이 개봉할 때마다 기도했다.

"제발 이번엔 자살할 수 있기를… 제발 이번엔 죽을 수 있기를…"

그의 기도는 이루어지지 못했다. 10점을 주고 싶어도, 그동안 9점을 주었던 명작들이 비교되어 발목을 잡았다. 억지로 10점을 주려고도 해봤지만, 차마 자신을 속일 수 없었다.

어떻게든 죽고 싶었던 그는 여러 가지 시도를 해보았다. 가장 믿을 만한 거장의 작품이 개봉했을 때, 일부러 찾아가 물었다.

"감독님의 이번 작품은 무엇을 말하고자 하는 겁니까? 어떤 장면에 집중해야 합니까? 이번에 새롭게 시도한 부분은 무엇입니까? 혹시 숨겨둔 의도가 반영된 장면은 무엇입니까?"

"갑자기 무슨 질문입니까, 이게?"

불쾌해하는 거장에게 그가 솔직히 털어놓았다.

"제가 처음으로 평점 10점을 주려고 합니다. 감독님의 신작을 하나부터 열까지 이해하고, 작품의 열렬한 팬이 되고 싶습니다."

그러나, 이야기를 들은 거장은 고개를 저었다.

"선생님의 평론에서 유일하게 10점을 차지한다는 건 영광이겠지요. 하지만 선생님이 일전에 평가한 제 대표작의 점수가 9점인데, 솔직히 이번 작품이 그 작품을 뛰어넘는다고 생각하지 않습니다. 오히려 제 이름값을 뺀다면 평범한 수준입니다."

"…"

다음으로 그는, 가장 유명한 평론가 김 씨를 찾아가 물었다.

"저는 김 선생님이 10점을 주었던 작품들을 거의 인정하고 있습니다. 만약 그중에 단 하나만 고른다면 무엇을 고르시겠습니까?"

"무슨 의도로 묻는 말씀입니까?"

평론가 김 씨는, 영화 평론으로 자신과 항상 비교되곤 하던 그의 질문을 경계했다.

그는 솔직하게 털어놓았다.

"제가 그동안 9점을 주었던 작품 중 하나를 10점으로 수정하려고 합니다. 죽기 직전에 단 하나라도 평점 10점을 주고 싶기 때문입니다. 하지만 저는 도저히 고를 수 없었습니다. 김 선생님의 평을 듣고 설득당하고 싶어서 이렇게 찾아온 겁니다."

이야기를 들은 평론가 김 씨는 고개를 저었다.

"몇 가지가 떠오르긴 하지만, 당신에게 10점을 권하고 싶진 않습니다. 저도 항상 당신의 평론을 인정하고 있습니다. 만약 당신이 10점을 매기는 영화가 나온다면, 아마 저는 그 영화에 11점을 매겨야 할 겁니다. 그런 영화가 나온다면 그때 얘기합시다."

"…"

다음으로 그는, 유명한 사회 고발 영화의 실제 주인공을 찾아가 물었다.

"선생님이 겪었던 그 사건이 영화가 상을 타는 데 큰 역할을 했다고 생각하십니까? 사건에 대해 제게 좀 더 자세히 말씀해주실 수 있으십니까?"

"무슨 말씀이신지요?"

의아해하는 노인에게 그가 솔직히 털어놓았다.

"선생님의 사건을 모두가 높게 평가하여 영화에 상을 주었습니다. 그럴 만한 가치가 있으니까 그렇게 되었을 겁니다. 저는 그것을 좀 더 생생하게 이해하고 싶습니다. 그러면 그 영화에 평점 10점을 줄 수 있을 것 같습니다."

그러나, 이야기를 들은 노인은 고개를 저었다.

"이래 보여도 저는 영화를 아주 좋아하는 사람입니다. 영화가 현실을 고발한다고 해서 무조건 상을 받아야 하는 건 아닙니다. 선생님의 평점 10점은 좀 더 좋은 작품에 돌아갔으면 하는군요. 그 작품을 볼 날이 기대됩니다."

"…"

어떤 방법으로도 그는 10점을 매길 수 없었다. 답답했다. 죽고 싶어서 미치겠는데, 왜 10점을 못 주는 걸까?

그는 자신을 의심하기 시작했다.

'어쩌면 나는, 사실 죽고 싶지 않은 것일까? 죽고 싶지 않기 때문에 나도 모르게 10점을 주지 않는 게 아닐까?'

이대로 가다간 영영 죽지 못할 것 같았다. 그는 그냥 포기하고 자살을 실행했다. 한데, 수면제로 정신을 잃어가면서도 그의 머릿속은 온통 평점 생각뿐이었다. 너무 거슬려서 견딜 수가 없었다. 결국, 그는 자기 손으로 신고했다.

"119죠? 제가 지금 자살 중입니다…"

병원에서 깨어난 그는 허탈했다. 내내 이렇게 억지로 살아야만 하는 걸까, 더 우울해졌다.

그의 소식을 접하고 찾아온 사람들은 그에게 정신과 상담을 권했다. 그는 받아들였다. 자살을 막기 위해서가 아니라, 왜 자살을 못 하는지 알고 싶어서였다.

의사와 마주한 자리에선 상투적인 질문들이 오갔다. 어릴 적 가정사와 트라우마… 그는 중간에 참지 못하고 솔직하게 털어놓았다.

"부모님과의 관계를 말하고 싶은 게 아닙니다. 제가 원하는 건 죽음입니다. 저는 정말 죽고 싶은데, 자살을 못 하는 게 문제입니다. 우습겠지만, 그 이유는 평점 10점 때문입니다. 그동안 저는…"

그의 모든 이야기를 진지하게 들은 의사가 말했다.

"선생님은 그동안 평계를 댄 겁니다. 평점에 평론가가 드러나지 않아야 해서 10점을 못 준 게 아닙니다. 선생님이 10점을 못 준 이유는 아까워서입니다."

"…"

"부모님은 평생 단 한 번도 선생님을 칭찬해준 적이 없습니다. 선생님은 살면서 단 한 번도, 진실로 원하던 칭찬을 받아본 적이 없는 겁니다. 대중들의 칭찬으로는 그 마음이 채워지지 않습니다. 그래서 항상 우울하고 죽고 싶은 겁니다. 그런데 남들에게 만점을 준다? 난 한 번도 가진 적 없는데? 억울하죠. 아깝죠. 싫죠. 그게 선생님의 본심입니다."

"…"

그의 머리가 복잡해질 때, 의사가 말했다.

"환자분의 목숨을 구해주는 것이 당연한 제 일입니다. 하지만 환자분의 진정한 바람을 돕는 것도 제 목표입니다. 선생님께서 죽기 전에 평점 10점을 남길 방법이 하나 있습니다. 만약 저와 내기를 하나 하겠다고 약속하신다면, 그 방법을 알려드리겠습니다."

그는 고민했지만, 곧 고개를 끄덕였다.

"약속하겠습니다. 방법이 무엇입니까?"

"선생님 본인의 이야기를 영화로 만드는 겁니다."

"영화라니요?"

"선생님은 남들에게는 아까워서 10점을 주지 못 합니다. 그러니까 죽기 전에 평점 10점을 주고 싶다면 그 방법밖에 없습니다."

"..."

"선생님의 이야기는 무척 흥미롭습니다. 시나리오를 만든다면 충분히 영화로 제작될 수 있다고 생각합니다. 그러니까 저와 내기합시다. 만약 선생님의 영화에 다른 사람들이 평점 10점을 준다면, 자살하지 마세요. 그 사람들에게 마음을 열어주세요."

"..."

그는 인사조차 하지 않고 병원을 나섰다. 황당한 이야기였다. 의사가 현실감각이 없다고 생각했다. 영화란 그렇게 간단한 게 아니다. 자신은 영화의 주인공감이 아니었다.

"..."

그래도, 그는 시나리오를 한번 써보기로 했다. 영화가 될 수 있을지는 모르겠지만, 자신의 이야기를 써보기로 했다.

평점 10점

모니터 앞에 앉아 생각을 정리한 그는 시나리오의 첫 줄을 쓰기 시작했다.

제목 : 평점 10점

점수가 짜기로 유명한 영화평론가가 있다. 하지만 1점을 준 적은 없다. 그는 항상 말했다.

"극단적인 평점은 대상보다 나를 드러내기 위한 도구다. 평점에서 평론가는 보이지 않아야 한다."

그래서 그는 평생 10점을 준 적도 없다. 그의 평점은 사사로운 감정이 들어가지 않아 객관적이기로 유명했고, 많은 사람이 신뢰했다. 평론가로서의 명성이 국내에서 세 손가락 안에는 들었다. 하지만 그는 불행했다. 심각한 우울증이다.

그는…

동물 학대인가, 동물 학대가 아닌가?

"아, 엄마! 그럼 우리 나비는 어떡해!"
"…"

소녀는 다친 고양이를 안고서 울었지만, 어머니는 이를 악물고 독한 소리를 했다.

"치료비가 얼마인지 못 들었어? 지금 집세도 못 내고 있는 상황에, 그럴 돈이 어딨니?"
"아, 엄마! 우리 나비 죽는 거 싫어! 싫다고!"

"냐앙…"

힘없이 우는 고양이를 보는 여인의 얼굴이 괴롭게 일그러졌다. 그녀라고 왜 고양이를 치료하고 싶지 않겠는가. 하지만 지금 형편에 그럴 돈은 없었다. 이젠 주변에 손 벌릴 만한 곳도 없었고, 더욱이 돈을 꾼다 해도 고양이 치료비로 쓸 수는 없는 상황이었다. 어쩔 수 없이, 아픈 고양이를 외면하는 것 말곤 방법이 없었다.

"냐아…"

$$\vdots$$

"엄마! 엄마! TV! 얼른 TV 좀 봐!"

고양이 일로 기운이 없던 딸의 갑작스러운 호들갑에, 어머니는 설거지를 멈추고 TV 앞으로 향했다.

[반려동물 보험 서비스! 댁에서 키우고 있는 반려동물 치료비를 저희 삼성에서 전액 지원하겠습니다! 횟수 제한 없이 평생!]

"엄마! 저것만 있으면 우리 나비도 치료할 수 있잖아! 응? 엄마, 빨리 전화 걸어!"
"아니… 좀 있어봐."

광고가 미심쩍은지 어머니는 눈 사이를 좁혔다. 저런 보험들은 가입비만 받아먹고 정작 필요할 땐 그건 적용 안 된다, 저것도 적용 안 된다 하는 경우가 수두룩했기 때문이다. 한데, 이어지는 광고에 어머니의 눈이 왕방울만 하게 커졌다.

[가입비 없습니다! 유지비 없습니다! 돈 한 푼 들지 않는 반려동물 보험! 지금 당장 전화하세요!]

"뭐? 무료라고?"
"엄마, 빨리! 빨리 전화 걸어! 우리 나비 수술해야지!"
"어, 어?"

어머니는 여전히 미심쩍은 마음을 지울 수 없었지만, 딸의 닦달에 핸드폰을 집어 들었다.

⋮

"수술이 아주 잘됐습니다. 아직 어리니 금방 회복할 겁니다."
"감사합니다!"

어머니는 수술을 집도한 수의사에게 몇 번이나 고개 숙여 감사 인사를 했다. 마음 같아서는 뭐라도 바리바리 챙겨주고 싶은 심정이었다. 수술비부터 약값까지 전액 무료라니! 하지만 그녀가 감사 인사를 전해야 할 대상은 따로 있었다. 바로 삼성 반려

동물 학대인가, 동물 학대가 아닌가?

동물 보험이었다.

정말로 삼성은 무료로 모든 치료비를 지원해주었다. 심사도 없이, 가입하자마자 곧바로 말이다.

"나비야, 힘들었지?"

어린 딸은 휴식 중인 나비 곁에 붙어서 울며 웃고 있었다. 그 모습에 어머니는 눈물이 날 정도로 깊이 안도했다. 딸에게도, 자신에게도, 나비에게도, 모두에게 진심으로 다행이었다.

다만 한 가지, 아직 익숙해지지 않은 한 가지만 제외하면 말이다.

"삼성~"

바로 나비의 낯선 울음소리 말이다.

반려동물 보험의 가입 조건은 단 하나였다. 반려동물의 울음소리를 '삼성'으로 바꾸는 시술을 받을 것.

시술을 받은 동물들은 무슨 일이 있어도 '삼성'이라는 소리만 내었다. 배가 고파도, 높은 곳에서 떨어져도, 낯선 이를 경계할 때도 '컹컹컹'이 아닌 '삼성삼성삼성' 하고 짖었다.

이 마케팅을 기획한 직원의 의도는 이랬다.

⋮

"바닥으로 떨어진 기업 이미지를 반전시킬 수 있는 기회입니다! 반려동물 진료비는 병원마다 천차만별인 데다 부가세까지 붙어 부담되는 게 사실입니다. 그 돈을 무상으로 지원해준다는데 고마움을 표하지 않을 사람이 어디 있겠습니까?

게다가 반려동물은 사람과 한집에서 지내며, 늘 함께합니다. 당연히 반려동물이 짖을 때마다 사람들의 뇌리에 삼성이라는 이름이 자연스럽게 인식될 것이고, 이는 그 어떤 유사 광고들보다 효율적인 광고효과를 발휘할 것으로 보입니다.

또한 사람들은 건강해진 반려동물을 볼 때마다 삼성을 떠올릴 테고, 웬만하면 삼성 제품을 구입하게 될 겁니다. '같은 값이면 우리 애기 제품 사야지! 앞으로도 보험 혜택 계속 보려면 삼성이 잘돼야지!' 이런 식으로 말이지요.

이제부터 사람들의 반려동물은 저희 삼성의 살아 있는 광고가 되는 겁니다!"

⋮

예상외로 덜컥 통과되어버린 그 기획은 화제를 모았고, 광고효과도 좋았다. 다만, 기업 이미지 개선 부문에서는 난관에 부딪혔다.

동물 학대인가, 동물 학대가 아닌가?

"어떤 미친놈이 이딴 생각을 한 거야? 고양이가 '삼성' 하고 운다고? 소름 끼친다, 진짜! 법적으로 제재해야 돼, 이건!"

"동물 학대입니다, 동물 학대! 반려동물 관리에도 정도가 있는 법입니다! 울음소리를 바꾸다니, 인간이 무슨 신이라도 됩니까?"

울음소리에 대한 거부감은 예상보다 컸고, 생명 윤리에 대한 비판 여론도 강하게 일어났다. 울음소리 개조를 법적으로 금지해야 한다는 시위까지 일어났다.

물론, 옹호 여론도 만만치 않았다.

"우리 나비의 목숨을 구해준 게 삼성이라고요! 삼성이 없었으면 우리 나비는 벌써 죽었을 거예요!"

"사실상 삼성의 반려동물 보험은 자선사업이라고 봐야 합니다. 국내의 어느 기업이 그렇게 큰돈을 들여가며 사회사업을 하고 있습니까?"

결국 이 화제는 토론 프로그램으로까지 이어졌다.

"오늘은 최근 삼성 사태로 불거진 생명 윤리에 관해 토론해보겠습니다. 주제는 이렇습니다. '삼성의 반려동물 광고를 금지해야 하는가?' 찬성 쪽 의견에 두석규 교수님, 반대 쪽 의견에 김남우 교수님 모셨습니다. 안녕하십니까."

"안녕하세요."

"안녕하십니까."

"오늘 토론이 굉장히 중요한 이유는 이 방송 이후 대국민 투표가 예정되어 있다는 점 때문인데요. 그 결과에 따라 삼성 반려동물 보험 광고의 금지 여부가 결정될 확률이 높다고 합니다. 그래서 두 분의 말씀이 참 중요하게 됐습니다. 그럼, 먼저 김남우 교수님?"

김남우의 주장은 이랬다.

"금지할 이유가 없습니다. 정당한 값을 치른 정당한 광고입니다. 게다가 광고가 붙더라도, 삼성이 하는 일이 좋은 일인 건 분명하지 않습니까? 목적 있는 기부여도 그조차 안 하는 사람들보다 백배 천배 나은 법입니다."

"그렇군요. 두석규 교수님?"

두석규의 생각은 달랐다.

"이건 생명 윤리의 문제입니다! 동물의 울음소리를 인간의 기술로 개조한다는 게 말이나 됩니까? 인간이 신이라도 된단 말입니까?"

동물 학대인가, 동물 학대가 아닌가?

"그것이 동물에게 큰 해가 되지는 않습니다. 오히려 삼성 보험은 정기적으로 건강관리까지 해준다더군요. 반려동물이 오래 살수록 광고 효과가 좋으니까 말입니다."

김남우의 말에 인상을 찌푸린 두석규의 톤이 조금 높아졌다.

"이미 울음소리를 빼앗은 것만으로도 해를 입힌 겁니다! 반려동물에게도 존엄성이란 게 있습니다!"

"존엄성? 인간이 언제부터 반려동물의 존엄성을 지켜주었습니까? 티컵 강아지는요? 강아지 공장은요? 닥스훈트의 짧은 다리는 누가 만들었답니까? 따지고 보면 중성화 수술부터가 유전자를 퍼뜨릴 기회를 없애는 건데! 고작 울음소리 좀 바꾸는 게 그것들보다 더 존엄성을 해친답니까?"

"…"

김남우의 주장에 두석규는 잠깐 할 말을 잃었다가, 굳은 얼굴로 물었다.

"교수님은 기업을 광고하기 위해서 살아 있는 생명을 이용한다는 사실이 무섭지도 않으십니까? 경제적으로 이익만 얻을 수 있다면 뭐든지 허용해야 하는 겁니까?"

"…"

김남우도 할 말을 잃고 눈살을 찌푸렸다가, 대답했다.

"뭐든지 허용해서는 안 되겠지요. 하지만 이 정도는 괜찮습니다. 울음소리를 바꾸는 것만으로 생명을 구할 수 있다면 이런 시술은 얼마든지 가능하다고 생각합니다. 아시겠지만, 죽으면 울수도 없으니까요."

"…"

딱딱하게 굳은 두석규는, 마치 미지의 공포를 느끼는 듯한 얼굴로 이렇게 말했다.

"예, 시작은 이 정도겠지요. 그럼 다음에는요? 그리고 그다음에는 또 어디까지 갑니까? 저는 두렵습니다. 이런 인류가 그려낼 미래가 두렵습니다."

"…"

"…네, 여기서 오늘의 토론을 마칩니다. 방송 이후로 투표가 있을 예정이오니, 국민 여러분은 꼭 소중한 한 표를 행사하시길 바랍니다."

마지막으로, 사회자가 카메라를 정면으로 바라보며 이런 말로 토론을 정리했다.

동물 학대인가, 동물 학대가 아닌가?

"과연 우리 반려동물들은 미래에 어떤 울음소리를 내게 될까요?"

:

미세먼지 없이 맑은 한낮의 한강 변. 날이 좋아서인지 개를 데리고 산책하는 사람들이 많았다.

치와와의 목줄을 잡고 산책을 하던 아가씨가, 맞은편에서 닥스훈트의 목줄을 잡고 오는 친구를 발견했다.

반갑게 손을 흔들며 다가가는 두 사람. 두 강아지도 펄쩍펄쩍 뛰며 서로를 반갑게 맞았다.

"삼성! 삼성삼성! 삼성!"
"삼서엉! 삼서~엉!"

강아지들이 노는 모습을 보며 미소 짓던 아가씨가 문득 생각났다는 듯 걱정스레 물었다.

"참, 너 벌써 돌아다녀도 되는 거야? 아, 정말 잘됐다! 삼성. 이렇게 건강한 모습 보니까 너무 좋다! 큰 수술이었지? 안 힘들었어? 삼성."

"괜찮아, 삼성. 돌아다닐 만해, 삼성. 수술도, 삼성. 힘들었지만, 삼성. 참을 만했어, 삼성. 수술비도, 삼성. 공짜니까, 삼성. 좋왔고, 삼성.”

　“아이고, 너 수술비가 정말 많이 비쌌나 보다! 내가 했던 쌍꺼풀 수술이랑은 비교도 안 되는구나? 삼성.”

동물 학대인가, 동물 학대가 아닌가?

가진 자들의 공중전화 부스

전 세계의 하늘에서 공중전화 부스가 낙하했다.

쿵!

"꺄악!"
"으악!"

그것들은 대부분 사람들이 밀집한 곳으로 떨어져 인류에게
큰 피해를 주었다. 직사각형 모양의 단단한 철제 구조물인 그것
은, 한눈에도 공중전화 부스를 연상케 했다. 한데 열려 있는 문
안에는 전화기도, 아무것도 없었다. 사람들은 이 미스터리한 사
건에 당황했고, 가끔 어떤 이들은 '닥터'라는 말을 중얼거리기도
했다.

부스는 전 세계 곳곳에 천여 개가 떨어진 것으로 추정되었다. 그것을 각 국가가 몇 개씩 수거해 연구에 들어갔다. 그러나 아무것도 알아낼 수 없었다. 그저 단단한 금속 구조물이라는 사실 외에는 아무런 특이점도 없었다.

뜻밖에도 부스의 비밀은 국가 연구소가 아닌, 아프리카 오지의 작은 마을에서 밝혀졌다. 집 근처에 떨어진 부스를 창고처럼 사용한 주민이, 그곳에 고기를 넣어두면 상하지 않는다는 사실을 발견한 것이다. 그 소식이 퍼지며 급속도로 관련 연구가 진행되었고, 곧 한 가지 결론에 도달하게 되었다.

"이 공중전화 부스 안은 시간이 흐르지 않습니다! 이 부스 안에서라면 늙지도, 배가 고프지도 않을 겁니다. 즉 현재 상태를 영원히 유지할 수 있다는 말입니다!"

이 놀라운 소식이 인류에게 가져온 충격은 컸다. 진시황이나 꿈꾸던 영원한 생명이 가능해지다니. 당연히 인류는 부스를 고기나 담는 데 사용하지 않았다. 전 세계의 사람들이 이 신비한 공중전화 부스의 활용성에 들떴다. 한데,

"염병! 어차피 다 있는 놈들만 사용하게 되는구먼!"

분명 천여 개가 있었던 부스들이, 어느 순간 소리 소문 없이 사

　　　　　　　　　　가진 자들의 공중전화 부스

라져갔다. 국가 연구소에서 연구하던 부스들도 사라지고, 개인이 소유하고 있던 부스들도 어느 순간 그들의 손을 떠났다. 결국, 부스의 신비한 능력은 돈이든 권력이든 가진 자들의 몫이었다.

사람들은 분노했다.

"왜 그들만 신비한 부스를 독식해야 하는가! 왜 항상 가진 자들이 더 가져가는 것인가! 이제는 모두에게 공평한 죽음까지도 차별받아야 한다니… 그들에게 영원한 생명마저 주어진다면, 세상은 영원히 그들만의 세상이 될 것이다!"

그러나 사람들의 분노는, 그저 분노로 끝날 수밖에 없었다. 사람들은 힘이 없었다. 반면, 부스를 소유한 가진 자들은 힘이 있었다.

"나는 돈을 주고 정당히 사들인 거라고! 항의하고 싶으면 부스를 판 사람에게 가서 해!"
"내가 부스를 훔쳐 갔다고? 무슨 소리를 하는 건지 모르겠군. 나는 전혀 모르는 일인데?"
"대통령인 내가 당연히 부스를 사용해야지!"
"내가 소유한 토지에 떨어진 걸 내가 가졌을 뿐이다!"

가진 자들은 대부분의 시간을 부스 안에서 보냈다. 식사, 업무, 잠, 심지어는 외출마저도 부스를 운반하는 형식으로 이루어졌다. 늙는 것을 최대한 피하려 아등바등하는 그들의 모습은 사람들에게 혐오감을 불러일으켰다.

"저것들은 진짜 영원히 살기라도 할 생각인가?"
"추하다, 추해! 저렇게 살아서 뭐 한다고, 나 참!"
"가진 게 많으니 저러는 게지! 얼마나 좋겠어? 저 부스만 있으면 영원히 권력을 누릴 수 있는데!"

부스 안의 가진 자들을 볼 때마다 사람들의 박탈감은 커져만 갔다. 사람들이 욕한다 해도 그들은 상관도 하지 않을 것이고, 영원히 늙지도 않을 것이며, 오히려 가진 것을 더 늘려갈 것이었다.
사람들은 차라리 그들을 신경 쓰지 않으려 했다. 가진 자들이 더 가지려 하는 건 늘 있어왔던 일이니까. 한데, 어느 날 갑자기 놀라운 일이 벌어졌다.

꽝! 꽝! 꽝! 꽝!

"뭐, 뭐야!"
"으악! 뭐야? 문 열어!"

전 세계의 모든 부스 문이 한순간에 저절로 닫혀버렸다.
안에 갇힌 사람들이 아무리 발버둥을 처대도 절대 열리지 않던 부스는 곧, 하늘 위로 솟구쳐 올랐다. 지상의 사람들은 하늘

위로 날아가는 천여 개의 공중전화 부스를 멍한 눈으로 올려다 보았다. 그 부스들엔 사람들이 갇혀 있었다. 가진 자들이.

그들은 영원히 돌아오지 않았다. 슬퍼하는 이들이, 그다지 많지는 않았다.

⋮

우주 어딘가에서 누군가 중요한 거래를 하고 있었다.

[이번에 저희가 소개할 제품은 지구라는 별의 인간 통조림입니다! 저희 제품의 유통기한은 무한한 거 아시죠? 집에 가져다 놓고 심심할 때마다 꺼내 드시면 됩니다! 아주 별미랍니다!]

두 여학생 이야기

하필 임여우 선생의 수업 시간에 에어컨이 고장 났다. 8월의 무더위는 학생들의 집중력을 흩트려놓았고, 아이들은 축 늘어져서 죽는 소리를 냈다.

"쌤! 더워죽겠어요."
"으… 진짜 진짜 너무 더워요!"

아이들의 투정에 임여우 선생은 책을 잠시 내려놓았다.

"이것들이 공부하기 싫으니까! 너희 내년에 고3이야, 고3!"

임여우 선생은 엄한 말투를 흉내 냈지만 목소리엔 웃음기가 섞여 있었다. 아이들은 이때다 싶어 얼른 외쳤다.

"쌤! 무서운 얘기 해주세요! 여름이잖아요!"

"아니면 첫사랑 얘기요!"

"첫사랑 좋다! 무서운 얘기 말고 첫사랑 얘기요!"

언제 늘어져 있었냐는 듯이 활기찬 모습의 아이들. 그 모습에 임여우 선생은 피식 웃었다.

"무서운 얘기? 선생님은 귀신 같은 거 안 믿는데?"

"그럼 첫사랑 얘기요!"

"음, 그래도 선생님이 아는 무서운 얘기를 하나 해줄까?"

"아무거나 좋아요! 무서운 이야기 해주세요!"

아이들은 눈을 반짝이며 선생의 이야기에 집중했다. 임여우 선생도 순식간에 입가의 웃음기를 지우며 입을 뗐다.

"사실, 이건 내 얘긴데… 내가 너희 나이, 그러니까 고2 때 우리 아빠가 바람을 피웠어."

"아…"

생각지도 못한 첫마디에, 들떠 있던 아이들이 서로 눈치를 보는 등 한순간에 분위기가 어색해졌다. 임여우 선생은 한 번 더 피식 웃으며 이야기를 이어나갔다.

“엄마가 그 사실을 알게 되었고, 매일매일이 난리였지. 전화기가 날아다니고, 접시가 날아다니고… 집에 멀쩡한 물건이 없었어.”

“으…”

“아빠는 집에 거의 들어오지 않았고, 엄마는 우울증에 걸린 사람처럼 항상 멍하니 앉아 있었어. 멍하니 앉아 있다가 갑자기 소리를 지르고, 물건을 던지고, 그러다 다시 또 멍하니 앉아 있고. 그때 나는 정말로 무서웠어. 무서워서 엄마한테 말도 제대로 걸지 못했지.”

임여우 선생이 창밖의 먼 곳을 바라보며 그때를 떠올리는 듯하자, 아이들은 저도 모르게 탄식을 내뱉었다. 선생은 다시 아이들을 보며 말했다.

“그런데 그런 엄마보다 더 무서웠던 게 뭔 줄 알아?”

“?”

“엄마가 떠날 것 같았단 거야. 저러다 영영 떠나버리면 어떡하나 걱정스러웠지. 그런데… 정말 그러더라고. 어느 날 엄마가 그러더라. 엄마는 아빠랑 이혼할 거니까 엄마 없이도 잘 살아야 한다고.”

“아!”

또다시 아이들의 탄식 소리가 여기저기서 터졌다.

"나는 울며불며 매달렸지. 제발 가지 말라고, 그냥 아빠는 없는 셈 치고 나만 보고 살면 안 되냐고. 그랬더니 엄마가 씁쓸하게 웃으면서 그러더라. 엄마는 자신이 없다고. 이 집에서 견딜 자신이 없다고 말이야."

"아…"

"그래도 난 계속 매달렸어. 아빠는 이 집에 없는 사람이라 생각하고, 나만 보고 살아달라고… 엄마는 한참 동안 생각하더니 이렇게 말하더라. 내가 다음 시험에서 전교 1등을 하면 나만 보며 살아보겠다고, 날 당신의 희망이라 생각하며 한번 견뎌보겠다고 말이야."

아이들의 눈이 커졌다.

"전교 1등이요?"

"응. 사실 그때 나는 공부도 별로고, 딱히 잘하는 것도 없는… 뭐 하나 내세울 게 없는 딸이긴 했어. 그런데도 그 자리에서 바로 약속했어. 무조건 전교 1등 할 테니까, 죽어도 전교 1등 할 테니까 절대 떠나지 말라고. 그 자리에서 달리 무슨 말을 할 수 있었겠어. 너희가 그 상황이었어도 그랬을 거야."

몇몇 아이들이 자기도 모르게 고개를 끄덕거렸다. 그 모습을 본 임여우 선생도 고개를 끄덕이며 말했다.

"그길로 나는 우리 학교 전교 1등인 홍혜화를 찾아갔어. 그 애를 찾아가서 무릎 꿇고 빌었어. 제발 나 좀 도와달라고 말이야. 혜화 다리를 붙잡고 엉엉 울면서 빌었어. 상상이 가니? 동급생 여자애한테 무릎 꿇고 울며 비는 모습이 말이야."

아이들의 표정이 자못 심각해졌다.

"난 혜화한테 내 사정을 모두 털어놓았어. 이야기하면서도 계속 울었지. 혜화도 나랑 같이 울면서, 도와주겠다고 하더라. 그날부터 난 혜화랑 거의 온종일을 함께했어. 학교에서도, 방과 후에도 혜화를 따라다니며 공부했지. 혜화는 자기 노트를 빌려줬고, 공부 비법도 알려줬어. 공부하다 모르는 문제가 나오면 선생님처럼 하나하나 일러주며 정말 열심히 도와줬지. 그때는 정말 이를 악물고 공부했어. 진짜 그때만큼 목숨 걸고 공부했던 적도 없는 것 같아."

이야기에 빠져든 아이들의 얼굴에 그 시절 임여우 선생의 각오가 그대로 어린 듯했다.

"그렇게 시험 날이 다가왔고… 그때 난 정말 자신이 있었어. 얼마나 열심히 공부했던지, 혜화랑 문제집을 풀 때 틀린 게 하나

　　　　　　　　　　　두 여학생 이야기

도 없었거든. 정말 다 맞힐 수 있을 것 같은 거야. 다만… 한 가지 상황이 걱정되긴 했어. 바로, 홍혜화."

"아."

"혜화는 나보다 더 대단했어. 걔는 1등을 놓쳐본 적이 없었거든. 무슨 문제가 나오든 다 맞힐 것 같았어. 그게 두려웠지. 그나마 다행인 것은, 내 사정을 모두 알고 있던 혜화가 일부러 몇 문제를 틀려서 1등을 양보하겠다고 약속해줬다는 거야. 정말 얼마나 고마웠는지 몰라. 근데… 그러면서도 한편으론 말이야…"

임여우 선생은 입술을 한 번 적시고는 잠깐 말을 잇지 못했다.

"내가 홍혜화를 믿지 못하겠는 거야. 혹시라도 홍혜화가 약속을 어기고서 전교 1등을 해버리는 건 아닐까 걱정이 됐어. 우습지? 걔가 도와줘서 그 정도까지 할 수 있었던 건데."

"아…"

"근데 그때의 난 그만큼 절박하고, 불안감에 미쳐 있었어. 전교 1등을 못 하면 엄마가 떠나버리니까. 그래서 시험 전날에 혜화를 만났을 때 나는… 혜화의 얼굴을 보면서 속으로 이렇게 생각했어. 혜화만 없으면 확실하게 전교 1등을 할 수 있을 텐데…"

"헙!"

아이들의 얼굴이 눈에 띄게 경직되었다. 임여우 선생은 자조적인 웃음을 지으며 말했다.

"여러 가지를 생각했지. 설사약을 먹여볼까? 수면제를 먹여 재울까? 창고에 가둬놓고 문을 잠가볼까? 그게 아니면… 계단 에서 밀어볼까?"

"쌤!"

아이들은 당황했고, 임여우 선생은 피식 웃었다.

"내가 무서운 이야기라고 했잖아. 그래서 선생님이 어떻게 했 을까?"

"그…"

아이들은 서로 눈치만 볼 뿐, 아무도 대답하지 않았다. 임여우 선생은 웃음을 터트리며 말했다.

"아무 짓도 안 했어! 그냥 혜화를 믿었어. 혜화가 전교 1등을 양보해주겠다고 약속했으니까, 그걸 믿자고 생각했어."

"아휴…"

아이들의 얼굴에서 긴장감이 사라졌다. 그러나 임여우 선생은 다시 무거운 목소리로 이야기를 이어갔다.

"그리고 시험을 쳤지. 3일간 시험을 쳤는데, 첫째 날에는 혜화

250   두 여학생 이야기

와 내 시험지의 답안이 똑같았어. 혜화도 나도 아직 한 문제도 틀리지 않았던 거지. 근데 둘째 날에 내가 실수하고 말았어. 한 문제를 틀려버린 거야! 그때 정말 하늘이 무너지는 줄 알았지."

"아…"

"당장 혜화를 찾아가 울먹이면서 하소연하자 혜화가 나를 달 래줬어. 진정하라고, 이번 시험이 어려웠으니 한 문제 정도 틀려 도 전교 1등은 할 수 있을 거라고. 혜화가 하는 말을 들으니 안심 이 되더라. 그래서 마지막으로 다시 한 번 혜화한테 부탁했어."

[혜화야. 나 정말 전교 1등 해야 하는 거 알지?]
[알아! 걱정하지 마. 내일 시험에서 일부러 몇 문제 틀릴 테니까!]
[고마워! 정말 고마워, 혜화야!]

"정말이지 혜화는 나에게 은인 같은 아이였지."

아이들의 얼굴에 설핏 미소가 번졌다.

"그렇게 마지막 시험을 치르고 성적표를 받는데… 난 2등이 었어."

"네?"

갑작스러운 반전에, 아이들의 눈이 동그랗게 커졌다.
임여우 선생은 입술을 비틀어 씁쓸한 미소를 지었다.

"전교 1등은 홍혜화였어. 한 문제도 안 틀렸더라고."

"네? 아니, 분명히 양보해준다고 약속을 했잖아요!"

아이들이 흥분하여 소리쳤다.

"나도 당장 홍혜화를 찾아가서 물었지. 어떻게 된 일이냐고. 그랬더니 홍혜화가 부들부들 떨면서 그러더라."

[미안해! 정말 미안한데, 나도 어쩔 수 없었어! 난 고등학교 내내 전교 1등을 놓쳐본 적이 없단 말이야! 그 기록이 깨질 걸 생각하니 도저히… 미안해!]

[뭐라고?]

[네가 한 문제만 안 틀렸어도! 그럼 우리 둘 다 전교 1등이었을 텐데 여우, 네가 틀리는 바람에! 어쩔 수 없었어! 미안해!]

[그럼 너도 한 문제만 틀렸으면 됐잖아! 그럼 함께 전교 1등인데! 왜! 대체 왜!]

[다, 다른 애가 만점 받으면 어떡해? 그럼 걔한테 뺏기잖아…]

[너, 너! 내 사정을 다 알고도 네가 어떻게!]

"그때 내 심정은… 솔직히 말해서 그 자리에서 혜화를 없애버리고 싶었어."

두 여학생 이야기

임여우 선생은 지금 생각해도 화가 난다는 듯 인상을 잔뜩 찌 푸렸고, 아이들도 마치 자기가 겪은 일인 듯 덩달아 분노했다.

"아, 진짜!"
"너무한다, 정말! 약속까지 해놓고!"

선생은 어깨를 으쓱했다.

"그래도 어쩌겠어? 일단 전교 2등 성적표라도 가지고 가서 엄 마한테 빌었지."

[엄마, 미안해! 전교 1등 못 했어! 다음엔! 다음엔 꼭 1등 할 테니까 제발 떠나지 마! 응? 제발, 엄마!]

"그렇게 엄마를 붙잡고 울며불며 매달렸는데…"

임여우 선생은 말을 줄이며 입을 다물었다. 아이들이 궁금하 다는 듯 눈을 동그랗게 뜨고 쳐다보자, 선생이 말했다.

"팡파르가 터졌어."
"네?"

뜬금없는 말에 아이들이 의아하다는 듯이 물었다. 그러자 임여우 선생이 입술을 한껏 비틀며 말했다.

"안방에서 아빠가 케이크를 들고 나오더라? 엄마는 활짝 웃으면서 폭죽을 터뜨렸고 말이야."

"네?"

"사실 처음부터 엄마 아빠는 싸운 적이 없었던 거야. 모든 게 연기였어."

아이들의 얼굴에 소름이 돋았다.

"아빠가 바람을 피웠단 것도, 매일매일 소리치며 싸웠던 것도, 이혼을 하고서 집을 나가겠다는 것도… 모두 연기였어."

[아이고, 전교 2등도 너무 잘했어. 우리 딸!]
[그것 봐! 너도 마음만 먹으면 이렇게 잘할 수 있잖니? 엄마는 믿고 있었단다. 잘했어, 우리 딸!]

"…"

임여우 선생은 무심한 눈으로 아이들을 둘러보며 말했다.

"홍혜화 같은 사람이 되는 건 괜찮아. 우리 부모님 같은 부모는, 절대 되지 마."

두 여학생 이야기

보기 싫은 버릇

"킁킁!"

마주 앉은 정재준이 무심코 코를 씰룩이자, 홍혜화의 얼굴이 일그러졌다.

"또 그런다, 또! 내가 그것 좀 하지 말랬잖아!"
"응? 아, 미안."

그녀는 남자 친구의 저 킁킁대는 버릇이 너무 거슬렸다. 킁킁 거릴 때마다 구겨지는 얼굴도 보기 싫었고, 그놈의 킁킁 소리 때문에 식사할 때 밥맛이 떨어지는 것도, 애써 잡은 분위기가 확 깨지는 것도 너무너무 싫었다.

"도대체 왜 자꾸 그래? 그거 안 하면 숨 쉬기가 곤란해? 왜 못 고쳐, 그걸!"

"나도 모르게, 하하. 버릇인데 어쩌겠어?"

"아휴!"

사귄 지 1년이 좀 넘었는데도 여태껏 이렇게까지 싫은 걸 보면, 절대 그녀가 적응할 수 있는 버릇이 아니었다. 그녀는 정색하고 따졌다.

"오빠. 정말 난 오빠의 그 버릇이 끔찍하게 싫어. 오빤 내 말을 진지하게 받아들이지 않는 것 같아."

"아잉, 혜화야~"

"장난 아니야, 오빠. 그 버릇 못 고치면 다른 생각도 해볼 것 같아, 나."

"아…"

정재준의 얼굴이 딱딱하게 굳었다. 홍혜화도 계속 표정을 풀지 않자, 결국 그는 한숨을 쉬며 고백했다.

"어쩔 수 없는 사정이 있어."

"뭐? 무슨 사정? 그게 뭔데? 도대체 무슨 사정인데?"

"그건… 어휴!"

"이해할 수 있게 말을 좀 해봐!"

보기 싫은 버릇

망설이던 정재준은 어쩔 수 없다는 듯, 작게 속삭였다.

"사실… 초능력을 사용한 거야."

"…뭐?"

홍혜화는 일순 황당하다는 표정을 지었다. 저 진지한 얼굴로
지금 무슨 말을 하는 거지?

"오빠, 지금 장난쳐?"

"아니. 정말이야!"

다급해진 정재준이 또다시 쿵쿵대기 시작했다.

"쿵쿵! 쿵쿵쿵! 쿵쿵!"

"아, 뭐야!"

홍혜화가 오만상을 찌푸리자, 정재준이 얼른 주머니에 넣었
던 손을 꺼냈다.

"이것 봐!"

"뭘?"

정재준의 손에는 천 원짜리 지폐가 여러 장 들려 있었다.

"이게 다 내 초능력으로 만들어낸 거야!"
"그게 무슨 헛소리야?"
"쿵쿵! 쿵쿵! 쿵쿵! 쿵쿵!"
"…"

홍혜화는 더 이상 정재준의 말을 부정하지 못했다. 정재준의 주머니에서 천 원짜리가 끝도 없이 나왔던 것이다. 그녀는 매우 흥분했다.

"오, 오빠, 엄청나다! 아니, 초능력치고는 좀 그런… 아니, 어쨌든 엄청나! 와, 오빠 평생 놀고먹을 수 있겠다!"
"뭐, 하루에 77번이란 제한이 있는걸? 그리고 겨우 천 원으로 무슨… 하하."
"그래도! 77번이면 7만 7천 원인가? 우아!"

그녀는 호들갑을 떨며 마구 질문했다. 원래 이런 초능력이 있었냐, 언제부터 생긴 능력이냐, 어떻게 생긴 능력이냐, 혹시 다른 초능력은 없느냐.
이미 그녀의 머릿속에서 그 쿵쿵대는 습관에 대한 감정은 사라진 지 오래였다. 다만 한 가지,

보기 싫은 버릇

"그럼 진작 말하지, 왜 여태 숨긴 거야? 날 못 믿었어, 오빠?"

그녀는 서운했다. 그러자 정재준이 얼른 변명했다.

"아니야! 널 못 믿은 게 아니라, 네가 사실을 알면 나를 혐오하게 될까 봐 그랬던 거야."
"뭐? 내가 왜 오빠를 혐오해?"
"그건…"

정재준은 미간을 찌푸리며 말을 멈추었다. 홍혜화가 더 물어도 끝까지 이유를 밝히지 않았다.
그녀는 무언가 있다는 느낌이 들었다.

．
．
．

"악마와 계약을 한 것이지요."
"예?"

지하철 옆자리에 앉은 사내가 정확히 홍혜화에게 말을 걸었다. 시선을 느낀 홍혜화가 그를 돌아보자, 그는 천연덕스럽게 말했다.

"남자 친구분 말입니다. 천 원 초능력!"

홍혜화의 두 눈이 휘둥그레졌다. 양복 차림의 사내는 빙긋 웃으며 말했다.

"시간 있으시면 잠깐, 드릴 제안이 있는데 말입니다."

홍혜화는 다음 정거장에서 그를 따라 내릴 수밖에 없었다.

지하철 승강장의 한적한 벤치. 사내는 자신을 악마라 소개하며, 천 원 초능력의 비밀을 알려주었다.

"한 번 쿵쿵거릴 때마다 주머니에 천 원이 생기는 대신, 세계 어딘가에서 내가 모르는 누군가가 한 명 죽습니다."
"네?"

기겁하는 홍혜화! 순간, 자신을 혐오하게 될 거라던 정재준의 말과 표정이 떠올랐다.

"서, 설마요! 오빠가 그럴 리가…"
"악마는 거짓말을 하지 않습니다. 하하하하."
"아무리 그래도 어떻게…"

사내는 본인의 나비넥타이를 만지작거리며 어깨를 으쓱했다.

보기 싫은 버릇

"글쎄, 너무 심각하게 생각하시는 게 아닐지? 하루 평균 사망자가 15만 명이 넘습니다. 거기에 몇 명 보탠다고 티가 날까요? 하하."

"…"

너무나도 악마 같은 사내의 태연함에, 홍혜화는 초능력의 비밀이 사실일지도 모른단 생각이 들었다.

"그 말이 정말이라면… 오빠가 너무 혐오스럽네요! 어떻게 그럴 수가…"

그녀는 눈살을 찌푸렸다. 정재준이 정말로 그런 사람이라면 자신이 그를 계속 만날 수 있을까? 사람 목숨을 그렇게 아무렇지도 않게 생각하는 사람이, 어떻게 슬픈 영화를 보고 눈물을 흘릴 수 있었을까? 그런 사람이, 어떻게 굶는 아이들을 보며 불쌍하다고 동정심을 보일 수 있었을까?

그녀는 정재준이 소름 끼쳤다. 그러나 사내는 다시 한 번 강조했다.

"15만 명이나 15만 77명이나 똑같다고 생각하지 않습니까? 77명 더 죽는다고 세계가 바뀌지는 않습니다."

사내의 말에 홍혜화는 화가 났다.

"고작 천 원이라고요! 사람 목숨을 천 원과 맞바꾼다는 게 말이나 돼요? 미친 거지!"

그녀는 혐오와 경멸을 드러냈다. 한데 사내가 제안을 하나 했다.

"당신도 초능력을 가질 수 있습니다. 제가 드리고 싶은 제안이 바로 그거지요."
"…"

사내는 의미심장한 미소를 지으며 설명했다.

"제가 정재준 씨에게 드린 초능력은 몸을 옮겨 가기도 합니다. 쉽게 말해, 당신이 정재준 씨의 초능력을 빼앗아 올 수도 있다는 말이지요."
"빼앗아요?"
"예. 게다가 완전히 안심하셔도 되는 게, 정재준 씨는 초능력에 대한 모든 기억을 잃게 될 겁니다. 자신에게 그런 초능력이 있었다는 사실도 모르게 되겠죠."
"아!"

홍혜화의 눈빛이 흔들렸다. 거기에 이어진 사내의 결정타.

보기 싫은 버릇

"그리고 초능력은 몸을 옮길 때마다 열 배씩 강력해집니다. 즉, 한 번 쿵쿵거릴 때마다 만 원이 생길 거란 말이지요."

"마, 만 원이요?"

"물론, 그때마다 전 세계 어딘가에서 당신이 모르는 누군가가 한 명씩 죽어가겠지만… 아시죠? 어차피 매일 15만 명이 죽는 거."

"…"

홍혜화의 머릿속이 복잡해졌다. 사내는 빙긋 웃으며 자리를 벗어났다.

"시간을 드리지요. 사흘 뒤에 다시 찾아뵙겠습니다. 그럼."

"아…"

홀로 남겨진 홍혜화는 자리에서 쉽사리 일어날 수 없었다. 타고 가야 할 지하철이 도착했음에도 불구하고.

⋮
⋮

사흘간, 홍혜화는 온통 초능력 생각에 빠져 있었다. 정재준에 대한 실망감부터, 자신이 초능력을 빼앗은 후의 상상까지.

인터넷 검색으로 전 세계의 하루 사망자가 15만 명에서 16만

명 정도 된다는 사실을 알아보기도 하고, 하루에 77만 원씩 한 달이면 얼마인지 또 1년이면 얼마인지 계산해보기도 하고.

생각만 해보는 것이다, 생각만. 머릿속으로 생각하는 건 누구도 욕할 수 없으니. 그러나 생각할수록 자꾸만 욕심이 생겼다. 그리고 3일 뒤에 그녀가 자기 합리화를 통해 내린 결론은 이랬다.

"그래! 일단 내가 빼앗아만 놓자. 그러면 오빠가 더 이상 누군가를 죽일 일은 없잖아? 사용하지 않더라도 일단 빼앗아만 놓자."

사내는 훌륭한 결정이라며 고개를 끄덕였다.

"현명하시군요. 그럼, 초능력을 옮겨드리겠습니다. 손을 내밀어주세요."
"예…"

사내는 그녀가 내민 손을 잡고 악수만 한 번 할 뿐, 그 어떤 신비한 일도 일으키지 않았다. 한데, 사내가 그대로 돌아섰다.

"됐습니다. 이제 당신께 초능력이 옮겨 갔습니다. 부디, 누군가에게 들키는 일 없이 현명하게 사용하시기를!"
"네? 아, 저기? 저기요!"

홍혜화는 당황했지만, 사내는 이미 떠나간 뒤였다. 홍혜화는

보기 싫은 버릇

잔뜩 일그러진 얼굴로 무심코 소리쳤다.

"아니, 어떻게 확인하라는 거야?"

지금 당장 쿵쿵거려 확인할 수도 있었지만, 차마 그러지 못하는 홍혜화였다.

⋮

"응? 무슨 소리야? 천 원 초능력?"
"아니, 오빠. 그러니까, 음… 아니야. 모르면 됐어."
"싱겁기는. 무슨 영화라도 봤어?"

홍혜화가 확인해본 결과, 정재준이 거짓말을 하는 것 같지는 않았다. 정재준은 초능력에 대한 모든 기억을 잃었다. 그렇다면 악마의 말대로 진짜 자신에게 초능력이 옮겨 왔다는 거겠지.

"영화나 보러 갈까, 혜화야?"
"아니. 다음에. 나 그만 들어갈게."

정재준에 대한 그녀의 마음은 식어 있었다. 고작 천 원에 사람 목숨을 팔아먹은 정재준이 너무 끔찍해 보였다.
그러면서도 그녀는 지금, 너무나도 초능력을 사용해보고 싶었다. 정말로 초능력이 되는지 확인해보고 싶었고, 시간이 지날수록 그 마음이 더욱 커져갔다.

"딱 한 번만 해볼까?"

딱 한 번. 평생에 딱 한 번, 정말로 초능력이 생긴 것인지만 확인해볼까 싶었다. 결국, 이대로는 잠이 오지 않을 것 같던 그날 밤.

"쿵쿵!"

그녀는 무심코 초능력을 사용해버렸다.
떨리는 손을 잠옷 주머니에 넣은 그녀는, 명확한 지폐의 감촉에 동공이 커졌다. 만 원! 진짜 현금 만 원이 생겼다!

"와!"

자신도 모르게 감탄사를 터뜨린 홍혜화. 그녀는 잠시 망설였지만, 책상 위 지갑 속에 만 원짜리를 집어넣었다.

⋮

다음 날, 점심을 먹으러 가던 홍혜화가 길에 우뚝 멈춰 섰다.

보기 싫은 버릇

"아! 지갑 놔두고 왔네…"

하지만 그녀는 발길을 돌리지 않았다.

"…"

심각한 얼굴로 고민하던 홍혜화는 결국,

"쿵쿵!"

초능력을 사용했다. 그녀는 주머니 속에 손을 넣어 만 원의 감촉을 확인하고는 다시 걸음을 옮겼다. 식당 거리에서도 망설이다가, 한 번 더 쿵쿵대고 좀 더 비싼 식당을 찾아갔다.

단지 처음이 어려웠을 뿐이다. 평생 딱 한 번이라는 생각으로 시도했다지만, 그 한 번이 두 번이 되고 세 번이 되는 건 결국 뻔한 일이었다.

그녀는 어느새 악마의 말을 똑같이 따라 하고 있었다.

"어차피 하루에 16만 명씩 죽는다는데… 16만 명이나 16만 3명이나 뭐…"

만족스러운 식사 후, 결제가 정상적으로 이루어지는 것을 확인하자 그녀는 희열을 느꼈다. 갑자기 미래에 대한 기대로 가슴이 두근거리기 시작했고, 이젠 힘들게 직장에 다니지 않아도 된다는 생각마저 들었다. 그리고 불과 세 시간 뒤…

"쿵쿵!"

이미 주머니 속에 10만 원 넘게 적립해놓은 상태였다. 그녀는 어쩔 수 없다고 생각했다. 자신도 정재준의 경우처럼 고작 천 원이었다면 절대 사용하지 않았을 거였다. 하지만 만 원과 천 원은 다르다. 만 원이라면 누구라도 흔들릴 수밖에 없다. 아직은 돈을 만들어낼 때마다 조금 망설여졌지만, 머지않아 자신이 하루 77번을 꼬박 채울 것 같다는 예감마저 들었다.

퇴근길의 그녀는, 정말 좋아하지만 비싸서 잘 먹지 못했던 호텔 케이크를 사 들고 집으로 향했다.

현관문을 열자마자 거실에 있던 여동생이 케이크를 확인하고 달려나왔다.

"언니! 호텔 케이크 사 왔어? 우아!"

환영하는 여동생과 달리, 어머니는 눈살을 찌푸렸다.

"너는 맨날 돈 없다는 애가!"
"…"

보기 싫은 버릇

홍혜화는 새삼 느꼈다. 자신에게 하루 77만 원이 얼마나 큰돈인지. 앞으로 자신의 인생이 어떻게 바뀔지.

"마음 놓고 먹어! 내일 또 사 올 테니까!"
"아니, 얘가 진짜…"

그녀가 거실 테이블에 케이크를 올려두자마자 가장 먼저 여동생이 달려들었다.

"아, 이건 정말 천상의 맛이야! 헤헤."
"비싸서 그렇지, 맛있긴 하다 야."

홍혜화도 케이크의 너무나 달콤한 맛을 느끼며 함께 미소 지었다. 그녀는 마음을 굳혔다. 양심은 돈 앞에선 아무것도 아니었다. 이젠 거리낌 없이, 마음껏 초능력을 사용할 것이다.

"쿵쿵! 쿵쿵! 쿵쿵!"

한데 그때,

"얘가 또 이러네? 요즘 안 그러길래 그 버릇 고친 줄 알았는데 왜 또 쿵쿵거리니?"

"…"

홍혜화의 두 눈이 흔들렸다. 또 쿵쿵거린다고? 전에도 자신이
쿵쿵거렸다고?

그녀는 순간, 악마가 했던 말이 떠올랐다.

[몸을 옮길 때마다 열 배씩 강력해집니다.]

대단한 빌머 이야기

뱀에 물려 혼수상태에 빠진 빌머는 꿈속에서 사신을 만났다.

[나이 마흔이면 많이 살았지? 이제 가자.]

빌머는 갑작스러운 죽음이 너무나 억울했다. 누군들 그러하지 않겠느냐마는, 자신은 더 억울하다고 생각했다. 그는 어려서부터 뭐 하나 빠지는 게 없는 완벽한 사람이었다. 지능, 건강, 외모, 매력 등 모든 부문에서 그랬다. 정식으로 풋볼 경기를 뛰기도 했고, 하버드대를 수석으로 졸업하기도 했다. 연구자의 길에 들어선 뒤로는, 언젠가 노벨상을 탈 것 같은 사람으로 언제나 그의 이름이 거론되곤 했다. 그런데 아무것도 이루지 못하고 고작 뱀에 물려 죽다니? 이렇게 억울할 수가 없었다.

제발 살려달라고 매달리는 빌머에게, 사신이 말했다.

[좋다. 너 자신이 그렇게 특별하다고 생각한다면, 한 가지 방법은 있지.]

사신은 도서관에 있는 어떤 청년의 모습을 보여주었다. 빌머가 전혀 모르는 청년이었다.

[다른 인간의 목숨 하나를 희생해서 네 목숨을 구하겠느냐? 그러겠다면 저 청년의 목숨을 대신 가져가겠다.]

빌머는 청년의 얼굴을 보며 난감해졌다. 너무나 어렸다. 미래가 창창해 보였다. 그렇지만 죽기는 싫었다. 빌머는 자기도 모르게 그러겠다며 고개를 끄덕였고, 사신은 웃으며 청년에게로 사라졌다.

혼수상태에서 깨어난 빌머에게 사람들은 기적이라는 말들을 쏟아냈다. 빌머는 인상을 찌푸렸다. 기적이 아니라 거래였다. 추악한 거래!

죽음의 위기에서 벗어난 이후, 빌머의 인생관이 달라졌다. 그렇게 거들먹거리던 자신이 실은 얼마나 하찮은 존재인지 깨닫게 된 것이다. 자신이 과연 그 청년보다 가치 있을까? 주변에서 대단하다고 띄워준들, 죽음 앞에서는 다 똑같은 것을.

하루하루가 새삼스러워진 빌머는 당장 세상에 흔적을 남기고

대단한 빌머 이야기

싶었다. 억울하게 죽은 청년을 생각하면, 자신은 꼭 특별한 사람이 되어야 했다. 세상을 바꿀 만한 업적을 남겨야만 했다. 그는 사람이 달라진 것처럼 이를 악물고 연구에 매진했다. 느슨하게 진행되던 연구들은 뒤로 제쳐두고, 힘들고 어려운 연구에 몰두했다. 사생활도 없이 거의 24시간 연구에만 매달려 산 생활이 한 달. 피곤이 몰려와 도저히 참지 못하고 잠이 든 빌머는 깜짝 놀라 까무라칠 뻔했다.

사신이 다시 나타난 것이다.

[한 달이 지났군. 이제 목숨을 거둬 가야겠는데.]

빌머는 항의했지만, 사신은 아무렇지도 않게 설명했다.

[네 수명은 원래 거기서 끝이었는데 좀 더 연장해준 거다. 한 달이나 연장해줬으니 연체료를 받는 건 당연한 거 아닌가? 자, 선택해. 이번에도 다른 인간의 목숨 하나를 희생해서 네 목숨을 구하겠느냐?]

사신은 계단에 기대어 담배를 피우는 청년의 모습을 보여주었다. 빌머의 얼굴이 잔뜩 일그러졌지만, 그의 선택은 이미 정해져 있었다. 그는 고개를 끄덕였다.

사신은 웃으며 청년에게로 사라졌다.

잠에서 깨어난 빌머는 허탈했다. 죄책감과 피로가 몰려왔다.

연체료라니? 자신은 평생 몇 명을 죽여야 할까? 한 달에 한 명씩만 잡아도 수백 명이다. 평생 그 죄책감을 겪으며 살기 싫었고, 그것에 익숙해져서 무감각해지는 것도 싫었다.

세상에 업적을 남겨야겠다는 결심에도 회의감이 들었다. 그냥 자기변명이 아닌가? 살아야 할 당위성을 스스로 부여한 것 아닌가?

빌머는 무기력해졌다. 연구도 시들해졌다. 그는 죽음과 너무 가까운 사이가 되었다. 그를 기다리고 있는 앞날이 뻔해지자, 그는 다른 욕망에 사로잡혔다. 아무것도 아닌 고작 한 명의 인간일 뿐인 빌머는 세상에 뚜렷한 흔적을 남기고 싶었다. 세상을 위해서가 아니라, 지극히 그 자신만을 위해서.

'내 아이를 남기고 싶다.'

본능에 가까운 그런 생각이 들자마자 빌머는 10분도 채 안 되어 여자 친구에게 청혼했다. 그는 남다른 마음가짐으로 척척 결혼 준비를 해나갔다. 덕분에 모두가 놀랄 만큼 빠르게 결혼식을 올릴 수 있었다.

물론, 그사이에도 사신은 찾아왔다.

[한 달이 지났군. 연체료를 받으러 왔다. 이번에도 다른 인간의 목숨 하나를 희생해서 네 목숨을 구하겠느냐?]

사신은 TV를 보고 있는 청년의 모습을 보여주었다. 빌머는 그 청년의 얼굴을 보는 것조차 괴로웠지만, 아직 죽을 수는 없었다.

빌머는 고개를 끄덕였고, 사신은 웃으며 청년에게로 사라졌다.

한 달의 시간을 더 얻은 빌머는 운 좋게도 아내의 임신 소식을 듣게 되었다. 그때 그가 받은 감동은 대단했다. 자신이 한때 독신주의를 생각하고 있었다는 게 믿기지 않을 정도로 가슴이 벅차올랐다. 왜 이런 진짜 삶을 몰라보고 겉멋으로만 인생을 살았을까.

아내의 임신으로 기뻐하던 와중에도 사신은 찾아왔다.

[한 달이 지났군. 연체료를 받아야지. 이번에도 다른 인간의 목숨 하나를 희생해서 네 목숨을 구하겠느냐?]

사신은 스쿨버스에 올라타는 소년의 모습을 보여주었다. 빌머는 너무 어린 소년의 모습에 가슴이 덜컥했다. 저 아이가 죽는다면 그 부모는 얼마나 가슴이 아플까!

빌머는 고민했다. 이미 자신의 분신인 아이가 생겼다. 그렇다면 이제 죽어도 되지 않을까? 굳이 저 어린아이를 희생시켜야 할까?

[호오, 이번에는 다른가?]

빌머는 정말 괴로웠지만, 아직은 죽을 수 없었다. 태어날 아이의 얼굴을 꼭 한 번 보고 싶었다. 결국, 빌머는 고개를 끄덕였다. 사신은 웃으며 소년에게로 사라졌다.

잠에서 깨어난 빌머는 어마어마한 죄책감이 들었다. 자신은 쓰레기였다. 하지만 지옥에 떨어지더라도 태어날 아이를 한 번은 보고 싶었다.

그 후로도 한 달에 한 번씩 사신이 찾아왔다. 그때마다 빌머는 아이가 태어날 때까지만이란 자기변명을 하며 고개를 끄덕였다.

다행히도, 사신의 방문은 여섯 번으로 끝났다. 한 달이 지나도 사신은 나타나지 않았고, 빌머가 죽지도 않았다. 빌머는 자신이 좋을 대로 사정을 이해했다. 이제 모든 고난이 끝났다고 말이다. 그 예상이 맞았는지 사신은 계속 나타나지 않았다.

사랑스러운 아기가 태어난, 감동적인 그날 밤까진 말이다.

[연체료를 받아야지. 이번에도 다른 인간의 목숨 하나를 희생해서 네 목숨을 구하겠느냐?]

몇 달 만에 나타난 사신이 빌머의 갓난아기를 보여주며 말했다.

빌머는 소리 지르며 발광했다. 이러려고 그동안 안 나타난 거였냐고, 왜 하필 자신의 아이냐고, 당신은 정말 악마라고 울부

짖었다.

사신은 뭘 그렇게 놀라냐는 듯 말했다.

[네 목숨을 구하는 데 아무 인간이나 쓸 수 있겠느냐? 생각해보면 아주 당연한데 말이야.]

빌머는 인정할 수 없었다. 이런 미래가 예정되어 있었다면 자신은 차라리 죽었을 거라고, 왜 애꿎은 청년들을 계속 죽이게 만들었냐고 악을 썼다.

그러자 사신이 웃으며 말했다.

[바른 치열, 건강한 신체, 잘생긴 외모, 하버드대 수석 졸업. 너는 제법 인기가 많았어. 대학교 때 정자 기증을 한 적이 있지, 빌머?]

순간, 빌머의 부릅뜬 눈이 사정없이 흔들렸다.

[그동안 네가 희생시킨 아이들도 다 네 아이였다. 뭐가 다르다고 생각했나? 다르지 않아, 빌머.]

빌머는 아무 말도 할 수 없었다. 말할 자격이 없었다.

자살하러 가는 길에

사내는 자살하기로 결정했다.

긴 시간 고민해서 내린 결정은 아니었다. 오늘, 아내와 딸을 죽인 음주 운전자가 교도소에 들어갔다. 그게 전부였다.

음주 운전자가 교도소에 들어가는 것이 그가 겪은 이 고통스러운 사건의 결말이었고, 더 이상 아무런 일도 일어나지 않을 거란 사실은 사내에게 자살을 결심하게 했다.

사내는 집 안 청소를 잘 안 했다. 인테리어에도 관심이 없었다. 이 집은 온전히 아내의 것이었다. 그러니 집에서 죽을 순 없었다.

욕실에서 샤워를 하고, 아내의 말대로 턱 밑까지 깔끔하게 수염을 밀었다. 김이 서린 욕실 거울을 닦고서 얼굴을 비춰 보았더니 눈이 건조해 보였다. 아내와 딸이 죽은 뒤 언제부터인가 더 이상 눈물이 나오지 않았는데, 그때 그는 생각했다. 눈물이 나오지 않는 걸 보니 자신은 이미 죽어 있는 거라고. 그러니 자살을 결정한 것도 별로 특별한 일은 아니었다.

사내는 부산으로 가기로 했다. 어릴 적 TV에서 봤던 태종대 자살바위가 생각나서였다. 자살을 결정할 때 별다른 고민을 하지 않았기에, 방법도 생각해둔 게 없었다. 그래서 막연히 기억 속 자살 명소를 찾아가기로 한 것이다.

문단속을 하고 나와서, 주차장을 지나쳐 걸었다. 서울역까지는 지하철을 타고 가기로 했다. 자신이 죽고 난 뒤 어딘가에 계속 주차되어 있을 차가 신경 쓰였기 때문이다.

지하철역까지 걸어가면서, 사내는 음주 운전자를 떠올렸다. 그는 미안하다고 했다. 눈물까지 흘리며 미안하다고 사과했다. 사내는 그때, 아무 말도 못 했다. 어떤 말로도 사내가 느끼는 심정을 그에게 전달할 수 없었기 때문이다. 차라리 욕이라도 해야 했을까? 저주를 퍼부어야 했을까? 그게 아니면,

끼이이이익!

"으… 으… 이, 이 씨발! 야, 이 새끼야! 뒈지려고 작정했냐!"

사내의 코앞에서 차가 급브레이크를 밟으며 멈춰 섰다. 사내가 미처 신호등을 못 보고 횡단보도를 건넜던 것이다. 신호등에는 빨간불이 들어와 있었다.

운전자는 창문 밖으로 고개를 내밀고 쌍욕을 퍼부어댔다. 짧은 스포츠머리, 거칠어 보이는 얼굴에 걸맞은 입담이었다.

"염병! 뒈지려면 곱게 뒈질 것이지! 눈깔 삐었냐, 씹새야? 아, 씨발. 깜짝 놀랐네. 씨발! 뒈지려고. 저게 진짜!"
"…"

사내는 사과를 하는 대신, 알 수 없는 분노에 몸을 떨었다. 아내와 딸도 차에 치여 죽었다. 저 운전자는 아무 잘못이 없지만, 오히려 무단횡단을 한 자신에게 잘못이 있지만, 어쨌든 아내와 딸은 차에 치여 죽었다. 그 사실이 사내를 분노케 했다.

"이 씹새가? 왜 말이 없어! 씨발! 깜짝 놀라 뒈지는 줄 알았다고. 이 씹새야! 어?"

왜 그랬는지 모르겠지만, 사내는 사과 대신 이렇게 쏘아붙였다.

"얼마 전, 내 아내와 딸이 차에 치여 죽었습니다."
"뭐, 뭐?"

운전자의 얼굴이 기묘하게 일그러졌다.

"뭐라는 거야, 이 미친 새끼가?"
"…"

사내는 입을 다물어버렸고, 운전자는 욕을 하며 창문을 올렸다.

"씨발, 뭐 저런 미친 새끼가…"

차는 사내의 옆을 신경질적으로 지나갔고, 횡단보도에 남겨진 사내는 마저 도로를 건넜다.
사내는 다시 생각에 잠겨 인도를 걸었다. 왜 자신이 그런 말을 했을까? 오늘 처음 보는 사람에게 왜 그렇게 분노했을까? 잘못한 건 오히려 자신인데.
그때,

끼이이이익!

사내를 지나쳤던 그 차가 급하게 유턴해서, 사내 쪽으로 돌아왔다. 곧 차창이 내려가며 운전자의 얼굴이 드러났다. 운전자는 우물쭈물 무언가 망설이는 얼굴로 머뭇거리다가,

"…미안합니다."

"?"

미안하다? 사내는 이해할 수 없었다. 왜 그가 사과를 하는 걸까? 잘못을 한 건 자신인데…

운전자는 사내의 얼굴을 살피며 입술을 달싹이다가, 그냥 다시 한 번,

"…미안합니다."

"…"

사과를 하고서 가볍게 묵례하고 떠나갔다.

"…"

남겨진 사내는 한참 동안을 그 자리에 멈춰 서 있었다.

.
.
.

기차역에 도착한 사내는 돈가스 도시락을 샀다. 뒤늦게 조금, 죄책감이 들었다. 이렇게 열심히 식사를 챙겨 먹어도 되는 걸까? 그러나 사내는 배가 고팠고, 우연히 눈앞에 돈가스 도시락이 보였을 뿐이었다. 어떤 의미도 없는, 본능적인 행동이었다.

출발까지 아직 10분 이상 남았지만, 사내는 가장 먼저 기차에 올랐다. 사내는 자리에 앉아 곧바로 돈가스 도시락을 개봉했다. 수저 포장까지 모두 뜯었는데 한 가지, 돈가스 소스가 보이지 않았다. 출발 시각까지 여유가 있었기에 다시 매장으로 가 소스를 달라고 해도 되었지만, 사내는 그러지 않았다. 소스 없는 돈가스를 먹는 것이 어쩐지 사내의 죄책감을 조금 덜어주었기 때문이다.

사내가 밍밍한 돈가스를 씹고 있는데,

"저기요."

스마트폰을 든 한 여인이 사내에게 말을 걸어왔다. 새하얀 세미 정장 차림의 여인은 경력이 꽤 되는 전문직 여성처럼 보였다.

"혹시, 그 자리 맞나요?"

스마트폰을 보며 묻는 여인의 질문에, 사내는 주머니에서 자신의 표를 꺼내 보이며 무뚝뚝하게 대답했다.

"예. 5호차 3A 맞습니다."

여인은 자신의 스마트폰과 사내의 표를 번갈아 보며 인상을 쓰더니, 고개를 갸웃거리며 밖으로 나갔다. 사내는 주머니에 표

를 집어넣고, 다시 식사하기 위해 자세를 뒤척였다. 그때,

"아!"

엉덩이 아래에서 비닐이 톡 터지는 소리가 나더니 무언가 축
축하게 배어들었다. 사내는 미간을 좁히며 자리에서 일어났다.

"아…"

돈가스 소스가 터져 있었다. 의자는 진한 돈가스 소스로 범벅
이 되었고, 바지 역시 무사하지 못했다. 사내는 난감하고 짜증이
났다. 그때,

"이보세요!"

아까 떠났던 여인이 다시 돌아왔다. 무언가 따지려는 듯한 기
세였고, 실제 말투도 그러했다.

"표 제대로 확인해봤어요? 역무원에게 확인받았는데 여기 제
자리 맞거든요?"

사내는 인상을 썼다. 안 그래도 짜증 나는 상황이었다. 사내가
다시 한 번 주머니에서 표를 꺼내자 여인이 재빠르게 낚아채 살

자살하러 가는 길에

피더니, 톤을 높여 쏘아붙였다.

"이것 봐요! 이 표는 101열차 거잖아요! 저거 안 보여요? 이 열차는 103열차라고요!"
"아…"

다시 표를 받아서 확인한 사내는 일순간 난감해졌다. 여인의 말이 맞았다. 한데, 허둥지둥 사과하고 자리를 뜨기에는 이 의자에…

"어, 이건 뭐야? 아씨! 뭐예요, 이거? 뭘 흘린 거야!"
"아…"

여인은 잔뜩 일그러진 얼굴로 짜증을 토했다. 그러고는 치켜뜬 눈으로 사내를 노려보며 말했다.

"이게 뭐예요, 진짜! 아씨! 이거 어쩔 거예요?"
"죄송합니다…"
"죄송하면 다예요? 아씨, 진짜 재수 없게! 뭐예요, 정말! 도대체 무슨 정신으로…"
"…"

사내는 면목이 없어 아무런 대꾸도 못 하고 고개만 숙였다.

어떻게 사과하고 수습해야 할지 난감했다. 여인은 짜증스레 머리를 한 번 쓸어 넘기더니 사내에게 이렇게 물었다.

"아씨, 진짜! 어디까지 가요? 저는 대구 가는데, 그 표는 어디까지 가는 거예요?"

여인은 만약 목적지가 같으면 표를 맞바꿔 갈 셈인 듯했다.

그때까지 여인의 꾸중을 잠자코 듣고만 있던 사내는, 순간적으로 이렇게 말해버렸다. 어쩌면 여인의 화를 당장 멈추게 하고 싶다는 얄팍한 생각에서 나온 말일지도 몰랐다.

"부산… 태종대 자살바위에 갑니다. 얼마 전에 아내와 딸이 차 사고로 죽어버려서… 저도 죽으러 가는 길입니다."
"뭐예요?"

여인은 어이없다는 표정을 지었다.

"뭐라는 거야? 누가 물어봤어요? 아씨! 헛소리하지 말고, 이거 어쩔 거냐고요! 부산 가요? 부산 맞아요?"
"…예. 부산입니다."
"아씨! 짜증 나게, 진짜! 저리 비켜요!"

사내가 자리에서 일어나자 여인은 가방에서 휴지를 꺼내어

자살하러 가는 길에

의자를 수습했다. 그 옆에 어정쩡하게 서 있던 사내는 여인이 자신에게 눈길 한번 주지 않자, 쭈뼛쭈뼛 고개 숙여 사과하고는 열차에서 내렸다.

사내는 반대편 101열차를 향해 터벅터벅 걸었다. 그때,

"저기!"

뒤에서 들려오는 소리에 고개를 돌려 보니, 하얀 세미 정장 차림의 여인이 열차에서 내려 다가오고 있었다. 여인은 우물쭈물 망설이다가 말했다.

"…미안해요."
"…"

여인은 사내의 손에 휴지를 쥐여주었다. 그러고는 사내의 눈을 보며 상냥한 미소를 지을 듯 말 듯 알쏭한 표정으로 다시 한번 사과했다.

"미안해요."

여인은 고개를 작게 꾸벅이고서 열차로 돌아갔다.

"…"

남겨진 사내는 휴지를 내려다보며, 한참 동안이나 그 자리에 멈춰 서 있었다.

⋮

부산역에 도착한 사내는 역 앞에서 택시를 잡아탔다. 한데, 사내가 목적지를 말하기도 전에 중년의 택시 기사가 먼저 말을 걸어왔다.

"카드 기계가 고장 나서 카드는 안 됩니다. 현금 있습니까?"
"…예."

사내는 별생각 없이 대답하고 문을 닫았는데, 강인한 인상의 택시 기사는 뭔가 신경 쓰이는 점이라도 있는지 계속해서 변명을 해댔다.

"내가 카드 손님을 거부하는 게 아니고! 진짜로 기계가 고장 난 겁니다! 거짓말 아니고, 진짜로! 내일 바로 수리 맡길 건데, 오늘까지만 못 쓰는 거라…"

사내는 정말로 신경 쓰지 않았지만, 택시 기사는 여기에 자존심이 걸려 있는 듯했다.

자살하러 가는 길에

"거짓말이면 내가 그냥 다른 손님을 받고 말지, 이렇게 구구절절 설명 안 해! 진짜로 고장입니다, 고장!"

"예, 알겠습니다."

"현금은 있지요? 현금 없으면 안 됩니다, 진짜."

"예. 현금 있습니다."

"내가 진짜 기계가 고장 나서 그러는 거지, 일부러 현금 손님만 가려 받는 그런 기사가 아니라고!"

그 뒤로 몇 번이나 같은 말을 반복한 뒤에야 기사가 목적지를 물었고, 사내는 태종대 자살바위라고 답했다.

"거기까진 택시가 못 들어가는데, 태종대 앞까지만 갑니다?"

"네, 그러세요."

택시 안에서 사내는 별다른 말을 하지 않았고, 택시 기사도 굳이 말을 걸지 않았다. 얼마 뒤 태종대에 도착하자 택시 기사가 뒤돌아보며 말했다.

"만 3천 원 나왔습니다."

사내가 지갑을 찾으려고 주머니에 손을 넣었는데, 아뿔싸! 지갑이 없었다.

"아…"

당황한 사내의 얼굴을 본 택시 기사의 목소리가 대뜸 커졌다.

"없습니까?"
"아… 그게, 지갑이 분명히…"

택시 기사의 얼굴이 순식간에 험악해지더니, 곧 욕설이 튀어 나왔다.

"니미! 기계가 고장 났다고, 현금 있냐고 내가 몇 번을 물었는 데, 씨발!"
"아, 아, 그게… 분명 지갑에 현금이 있었는데… 지갑이 언 제…"
"씨발, 진짜! 아침에도 한 새끼가 택시비 떼먹더니, 저녁에도 한 새끼가 이러네! 와따, 니미 좆같아서!"

택시 기사의 거친 욕설에, 사내는 면목이 없었다.

"이 씨발 새끼야! 하루 벌어 하루 먹고살기도 힘든 사람한테, 니미! 내가 아까 자살바위 가자고 할 때부터 느낌이 드러웠어. 씨발! 이 씹새, 너 뭐야? 어쩔 거야, 이 새끼야?"

자살하러 가는 길에

"그, 그게…"

그 순간, 사내는 또 자기도 모르게 이 말을 꺼내고 말았다.

"제가… 지금 자살하러 가는 길이라 정신이 없어서…"
"뭐?"

택시 기사의 얼굴이 험악하게 구겨졌다. 그 표정을 본 사내는 계속해서 주절주절 상황을 설명했다.

"얼마 전에 제 아내와 딸이 교통사고로 죽어버려서… 저도 자살을 하러 가는 길이었습니다."
"뭐라는 거야, 이 씹새끼가! 구라 까고 있네. 씨발! 돈 몇 푼에 마누라랑 딸을 팔아먹냐?"
"…죄송합니다."
"니미! 요금 이거 어쩔 건데? 어쩔 거냐고! 뭐? 자살한다고? 그래, 씨발! 진짜 자살할 거면 핸드폰도 필요 없겠네? 핸드폰 줘 봐! 그거라도 처분하게!"
"예…"

사내는 망설임 없이 주머니에서 핸드폰을 꺼내어 택시 기사에게 건넸다. 그리고는 꾸벅 사과하며 택시에서 내렸다.

"죄송합니다."

"뭐, 이런!"

사내는 길을 따라 무작정 걸었다. 날이 어두운 데다 핸드폰도 없으니 어떻게 자살바위까지 찾아가야 하나 조금 막막했지만, 일단은 걸었다. 한데,

빵빵!

한참을 그 자리에 멈춰 있던 택시의 문이 열리더니, 기사가 급히 달려 나왔다. 그는 일그러진 얼굴로 사내를 쳐다보며 우물쭈물 망설이다가,

"미안합니다."

사내의 손에 핸드폰을 쥐여주었다. 그러고는 무언가 말하려는 듯 입술을 씰룩이다가, 곧 고개를 살짝 좌우로 흔들며, 사내의 눈을 마주 보고는,

"미안합니다…"

"…"

또 한 번 사과하고서 뒤돌아 택시로 돌아갔다.

자살하러 가는 길에

"…"

사내는 출발하지 않는 택시를 바라보며, 한참 동안이나 그 자리에 가만히 멈춰 서 있었다.

:
:

사내는 눈앞의 바다를 바라보며, 생각에 잠겼다. 오늘 자살하러 오는 길에 저지른 세 번의 잘못과, 그럼에도 불구하고 되레 세 사람이 건넸던 미안하단 말에 대해 생각했다.

사내는 아내와 딸이 죽은 뒤 언제부터인가 전혀 눈물이 나오지 않았다. 그런데 오늘은 이상하게도 세 번이나 울 뻔했다. 왜 그런지는 사내도 몰랐다.

사내는 문득 교도소의 그에게서 미안하다는 말을 다시 한 번 듣고 싶어졌다.

"…미안해."

결국 사내는 바다를 등지고 돌아섰다.

오랜 시간을 걸어 내려간 입구에는 택시가 아직도 사내를 기다리고 있었다.

처음, 책 계약을 했을 때는 정말 신기했습니다. 어떻게 내가 책을 내게 됐는지 믿을 수 없었죠. 그래도 다음에는 이렇게 생각했습니다.

'그래, 내 인생에 이런 이벤트 한 번쯤은 있을 수도 있다.'

오히려 걱정만 했습니다. 한 번에 6천 권을 찍는단 말을 들었을 때는, 재고가 출판사에 높이 쌓여 있고 그쪽으로는 얼굴도 못 드는 저를 상상하며 불안해했었습니다.

그런데 지금 또 책이 나와버렸습니다. 평생 한 번의 이벤트로 끝나지 않은 겁니다. 뿐만 아니라 최근 몇 달간 제 모든 일상은 책과 관련되어 움직이고 있습니다. 하루하루가 이벤트인 겁니다. 상상도 못 했던 이런 변화를 어떻게 받아들여야 할까, 매일 신기합니다. 낯설지만, 분명히 좋습니다.

제가 정말 운이 좋은 사람인 거겠죠. 공포 게시판에 올린 제 이야기를 재밌다고 해주신 분들, 응원해주신 분들, 글 쓰는 법을 가르쳐주신 분들, 출판사 분들, 기자님들, 서평 남겨주신 분들 모두가 제게는 행운입니다. 잘되게 해주셔서 정말 감사합니다. 행복하세요!

양심 고백

2018년 4월 5일 1판 1쇄 발행
2024년 10월 17일 1판 15쇄 발행

지은이   김동식
펴낸이   한기호
편 집   김민섭, 오효영, 문아람
경영지원   국순근
펴낸곳   요다
          출판등록 2017년 9월 5일 제2017-000238호
          주소 121-839 서울시 마포구 서교동 484-1 삼성빌딩 A동 2층
          전화 02-336-5675 팩스 02-337-5347
          이메일 kpm@kpm21.co.kr

ISBN 979-11-89099-00-8 04810
      979-11-962226-1-1 04810 (세트)